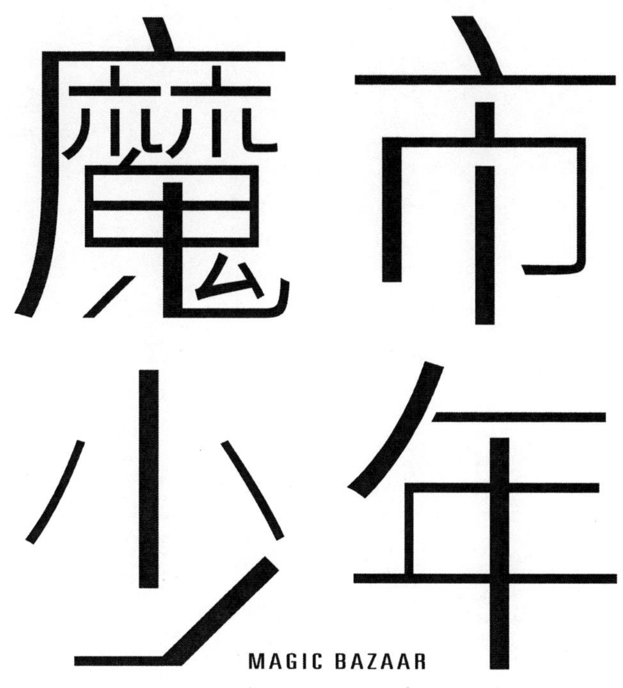

跳舞鯨魚 著

尋找生命來處

對於個人所生長的這座島嶼，從小打長輩口裡聽來的鄉野傳奇，究竟多少是真？多少是融入生活之後加以渲染成篇的？

長大，是生命裡不得不的蛻變，年輕生命往往在茫無頭緒下便被歲月之輪推著往前快速滾動了。這個滾動速度的快慢、幅度的寬窄，常因著每個人的生命特質與個性才情而有差異。塵世裡滾著滾著，或許一直平靜在軌道裡，但也或許一個分心失神便軌道裡外來來去去，甚至可能滾到一個極度陌生的境地。

如果，從來都沒想到探源，又如何能知道這之中的虛實真假？

那麼來一趟魔幻旅程，如何？

跳舞鯨魚的《魔市少年》中的少女海棠、海嵐或許就是你我，隨著來去牛墟、鯨魚骨市場穿梭，將透過洗鍊的文字，將看到這塊你我生活的土地，曾經有著怎樣的風貌，如今又因著與時並進的科技文明，又有了怎樣的變化，而這變化到底是我們想要的，還是我們需要的？

數百年來，每一個生活在這個面積三萬六千平方公里的島嶼人們，無論是生命中的哪個階段，都在歷史樹影下寫著這塊土地獨有的歷史。而這些人們所集體創作的生活內涵，有神話，有傳說，有巫覡方術，有宗教信仰，隨著時光流逝，一點一滴沉入共有記憶的深處。也許，在某個回眸尋找認同的剎那，才浪濤般襲捲而來。

然後，青春少年恍然驚醒，祖先走過的路，值得也走一回。

兒童文學創作者 王力芹 2015/05/12

作者序／歡迎來聽黑暗中的故事

這世界上，有許多像影子一般的東西，會突然出現在放學回家的路上，也可能在停電的夜晚，當那種黑黑壓低身子，姑且被稱作影子的那些東西經過身邊時——他們究竟是什麼？會不會只是人類腦中的胡思亂想，或者他們真實存在，也有可能僅僅是一隻流浪狗閃過街頭的身影。那樣的影子究竟背後會有什麼樣的故事，一起和我跳舞鯨魚手拉手，像獨角鯨從無光的深海世界，開始追尋關於夢的旅程。

我可能從來沒想過，真有那麼一天。

「噓，別急著問我是哪一天。」

（我不說，你們可能不知道，目前站在我身旁的男孩，他在「那一天」可是毫不留情地將我拋下，自己一個人先跑掉。）

我說道：「你沒義氣。」

流著鼻涕的阿浪回應：「我——我怕。」

我說道：「沒錯，事情就發生在你害怕的那一天。」

阿浪渾身顫抖起來。「那一天，那一天究竟發生了什麼事？」

那天，只要想起那天的事，我心裡總是一陣不快。

暑假的某一天，絲毫無任何異狀的某日早晨，我還不想起床，就先被窗外的麻雀給吵得心浮氣躁。明明窗外是荒蕪一片，除了雜草還是雜草，就連前方不遠處的倒閉磚窯廠，也逐漸變成一座廢墟，一座廢棄土堆，一座小山……上面還長滿看起來似乎毫無用處的野花雜草。然而那些愚笨的麻雀依然還在窗外吵架，看起來一點都不擔心今天的早餐會在哪。

吃過早餐之後，我一個人賴在客廳的地板上，大門沒關，風正從前方一小叢的灌木林吹來，空氣中有鹹鹹的味道，就像泥土都長上了鹽巴一般。我趕緊起身將大門的紗窗關緊，隨後就在一旁遊戲，我愛玩彈珠打士兵的遊戲，我愛玩彈珠推骨牌的遊戲，我偶爾也想用彈珠丟外面的麻雀，但想想牠們倒是怪可憐的，也不知道今天的午餐晚餐有著落沒……彈珠打上塑膠士兵玩偶，彈珠打進沙發底，彈珠滾到廚房，彈珠像飛蛾般撲向客廳的玻璃櫃，嗶唧唧，左上，父親放骨董的地方。

我是怎麼逃出來的？我心裡一整天都藏著一個祕密。

前一天夜裡，我夢見有人闖進家裡，我無端半夜出現在客廳，看見有人正喝著我藏在冰箱的汽水，一瓶接一瓶，那個人像看不見我般，持續不停喝汽水……怎麼可能看不見我？那個小偷，他應該提心吊膽隨時注意有沒有人盯著他瞧——真沒看過如此將別人家當成自己家的小偷，我已經走到他身後，他還不知不覺喝著汽水。

（汽水的泡泡咕嚕嚕。）

小偷像完全被汽水泡泡給矇蔽，我應該趕緊去報警，或者先通知父親。然而，我卻沒那麼做，我只是站在小偷的身後，像排隊要喝汽水般，我當時真那麼一直站著，沒告訴任何人，我就站在小偷後邊聞著如生命已槁木死灰的氣味。

那是多麼恐怖的經驗，我和小偷，我們竟然共處一室，直到小偷喝完汽水後，大搖大擺從我身邊走開——他仍然沒看見我，這怎麼可能？

我開始瘋狂搜尋鏡子，我想要知道我是否看得見我自己。從客廳走道的半身鏡開始找起，我卻一面鏡子也看不見，就像鏡子跟我玩起捉迷藏，它們離開平常駐足的地方，開始躲向這房屋的各個角落——我摸黑，外面的街燈讓周遭環境其實看起來沒那麼黑。但我還是見不著鏡子反射出來的光線，從走道進入廁所，從二樓廁所到更衣室，我悄悄摸入父親的房間，卻看見父親的房間什麼都沒有，連人都消失，我彷彿站在一間完全被空白的屋子，最後，我連自己的影子也看不見。

我是被嚇醒的，原來「那天」稍早之前，我已經讓恐懼佔據了我全部的心智。

原本，只有我一個人走進廢棄的磚窯廠，我直趴在工廠裡腐朽的木窗框往外瞧。只見阿浪剛好經過，我於是扯開喉嚨對站在對面巷子裡的他大喊：「阿浪，這邊。」

阿浪被我嚇了好大一跳，像一隻兔子猛然躍起後，直縮在電線杆旁，大聲喊說：「是誰？」

我大聲答道：「阿浪，是我啦。」

阿浪渾身抖得像海市蜃樓裡的景象——都快被蒸發殆盡似的，他怯生生問說：「哪邊？」

我答道：「這邊，磚窯廠這邊。」

阿浪猛然回頭向磚窯廠一望，我趕緊從窗子裡伸出大半身子，用力向他揮揮手。

（阿浪原本因恐懼緊縮在鼻腔裡的鼻涕，終於自由，像隻小鳥開始往外飛。）

那天的某個時刻，阿浪和我站在磚窯廠內，我提議往窯裡探險，阿浪搖頭，他說去煙囪附近繞繞就好。我沒意見，只是想找個人陪伴，好遮掩不斷因意識到內心持續增生恐懼而呈現的不尋常表現。

（我整個人當時有些躡手躡腳，還直跟在阿浪後邊。）

那不是什麼好的提議，或者是說，起初一開始，我們就不應該進入磚窯廠。真有什麼人依在煙囪附近，一個小小的身影配上一旁焦黑的好幾層樓高煙囪，阿浪冷不防繞到我身後，阿浪排在我後頭，阿浪直發抖，阿浪在抖完第一百下後，從我身後逃脫。

我始終保持沉默，直到陽光打破當時的陰冷時光，磚窯廠內頓時佈滿白天景象——雲什麼時候遮住磚窯廠的上方，雲又是何時離開，有關於剛才依在煙囪旁的黑影，什麼時候消失？我竟是全然無從理解和知曉。

默默回家後，我開始出現噁心的感覺，原來是發燒，就像恐懼從我心底長出了斑點，那聚成一塊紅通通的疹子，恐懼在微笑，恐懼完全佔領我的身體和心靈……隱約，我聽見父親唸了我幾句，祖母著急的聲音，直到我看見醫生和護士。

阿浪仍是一臉好奇追問著：「你行行好，趕快告訴我，關於那天，那天究竟後來發生了什麼事？」

帶了點故意捉弄的心態，我對阿浪說：「我們那天真遇見鬼！我因此生病，現在我好了，接下來，就換你嘍。」

阿浪頓時驚嚇得臉色慘白。

隔天，我去找阿浪玩，阿浪的母親跟我說：阿浪發高燒。

對我而言，有關於「鬼故事」那只是個玩笑，但對阿浪而言，現在卻成了他腦海中最真實的恐懼。

感到無限後悔，或許，我昨天只需要跟阿浪講述，我所作過的那個令人恐懼的惡夢。

「我」和阿浪究竟遇見了什麼？親愛的讀者，這裡是故事的入口，「我」是一個什麼樣的少年，請趕緊翻開下一頁，看看名為阿木的「我」在古老傳說下，會展開何種冒險。

CONTENTS

目次

當阿木走出市場的時候，他感覺那裡，的確有什麼正在消失。還有幾天才過農曆新年，阿木的年齡正處在十二歲和十三歲交接的尷尬狀態，但自那天走出市場之後，他彷彿已經活過幾百年的歲月。

01 路那種東西很奇怪

趴在二樓陽台前欄杆上，阿木往海看去。

真像聽見什麼異於他本身以外的聲響，又不似海浪拍打在岩石所發出的巨大嘩啦啦。

有什麼在爬著。

阿木習慣那種混著海浪的聲音，是偷偷爬上岸來的，很可能有四隻腳，習慣如蜥蜴般擺動起尾巴像是在東張西望（阿木會假裝什麼都沒瞧見），反正矮小粗壯的林投樹總會張牙舞爪成群結隊，乘著風的間隙，一波一波發出捍衛土地的怒吼聲。

有什麼因此而退去。

隨著潮汐離岸最遠的時刻，那些不是海水的東西猶如夾著尾巴逃跑。

「它們會有尾巴嗎？」阿木老是被某種東西的形象所迷惑。

聽說，好像只在晚上會出現。

也可能是在中午陽氣最旺盛之後，一個接著一個……海水滿了，它們踏著濕漉漉的腳步，把岸邊的石頭都踩成了圓圓扁塌狀，剛好就像它們的腳，有點像是吸盤，老是盤據在固定地點，或上或下，或出現或消失。

「魔神仔走不遠。」阿木的祖母笑了笑。

一直停在同一個地點叫囂著。

有些時候會透過瘋狂的狗、得病的雞、垂死掙扎的魚、穿山甲、猴子……還有很久以前滿地奔跑的梅花鹿，它們利用合唱的方式，像羅蕾萊傳說中以唱歌引發船難的美女，希臘神話裡的海上賽倫女妖，魔神仔、魑魅魍魎、鬼怪等等的花言巧語一一綻放在失了神的動物身上。

「一起來唱歌吧。我說個故事給你聽。」

阿木的祖母總是繪聲繪影說起，有關於眼睛看不到，但耳朵卻聽得到的，那些來自於海水的故事。

「他們會說出你的命運。當然，如果你不靠近去聽，那麼它們所說的故事，就只是海風呼呼吹過。」

阿木的祖母滔滔不絕說起，越說聲音越像海水拍打岩石的聲響，伴隨著喉嚨裡老舊濃痰的咕隆隆。

有些時刻，阿木真以為海那邊傳來的聲響，其實是來自於祖母。

如同用錄音設備儲存起來，祖母只是按下了ＰＬＡＹ鍵，接著就被放置在唱佛機的旁邊，一邊南無阿彌陀佛，一邊嘩啦啦咕隆隆還噗啾噗啾，黏稠的腳步聲直在海邊徘徊，像一把水草纏在岩石和漂流木間，幾個空寶特瓶和酒瓶也跟著海水升降，試圖拔起黏滯在岸上的水草，像是急忙要把水草送回海底般。

幾件被隨意丟棄的黃色輕便型雨衣在岩石的割蝕下，一片一片碎裂開，那些來自於海底破碎的幽魂聲音還唱著：「這就是你的命運喔。」

水草嚇得頓時失去了綠色。

阿木則是當場驚得整張臉都失去血色。

阿木的祖母呼喚起阿木。「吃飯囉。」

阿木回頭，可祖母早就已經不在屋子裡頭。

站在用木板磚塊像是堆積木般，五年、十年和這兩年慢慢組合起來的二樓建築物的陽台上，阿木頭頂的鐵皮老是被風颳得劈哩啪啦響，像是那鐵皮耍脾氣，總是不想待在那古怪房屋上頭，替阿木家遮風擋雨。

咕咕呱呱。

嗚嗚咻咻。

又再唱了。

所有被迷去心智的生命，開始一起唱和著。

阿木很習慣那來自於海，或是祖母口中的聲音。

就好似被植入了某種基因設計，還是程式密碼，也可能是身上有幸運物使然，或者是真遺傳了解除厄運的法力。

阿木一笑。

他遺傳了祖母的豁達天性。

「很可能真是遺傳。」阿木喃喃說著。

阿木是回憶起祖母曾跟他說過的話：「你等我回來教你如何向阿立祖祝禱。你等我。等我。」

那聲音很沉重如釘子被敲入牆壁般，叩，叩，叩，一個字一個字相當紮實，逐漸印入阿木的腦海中。還緩緩描繪出阿木祖母的身形。猶如畫家一次一次在草稿上，用著鉛筆來回描摹，還一層一層打底在畫布上，從橄欖綠般的灰青天空開始著色起，那是阿木的祖母最後一次，一大早起身到市場賣菜苗。

阿木看得很仔細，那天映在祖母背後的景象，就只有天空，沒有魚鱗般的雲，甚至是飛機飛過的一條條圍巾雲，彷彿那天空本就什麼都沒有，只有清晨在塔拉平（太陽）出現前的灰撲撲，好像有什麼存在，又像是什麼都不曾出現過。

「你等我回來，等我回來……」

阿木的耳邊盡是祖母的聲音。

阿木複誦起祖母的話：「等我回來教你如何向阿立祖祝禱，你等我……等我回來打開，一直不准你進入的後院小屋，等我回來。」

霎時，阿木的祖母在阿木眼底，化成了一道金光所投影出的幻影，逐漸消失在阿木家門口小徑上。

只剩下幾個登山客剛從海邊爬升上岸，走過位在海邊小丘上的阿木家。

空水壺搖晃在身後叮噹響。

猶如阿木的祖母口中念念有詞，挨家挨戶去幫族人作新年祈福時的景象。

「阿木……」

阿木頓時從祖母的夢中甦醒，一個人呆楞在二樓陽台上。

有一粒石頭飛過阿木眼前，拋物線控制得相當了不起，像是一顆籃球，命中在阿木身後的水桶中。

「你在做什麼？」丟石頭的人大喊。

阿木受到了驚嚇，本能如唸出鎮壓邪靈的凶惡經文般，直向丟石頭的同班同學阿浪破口大罵三字經。

「你有病喔！」阿浪不甘示弱罵回去。

「你不要跑。你等我。讓我下去，不海扁你一頓才怪。」阿木答。

阿浪聽完，原本有些膽怯縮起身軀，幾秒鐘後又挺起胸脯，說道：「你瘋了喔，不過就是開玩笑。」

「你不要跑。」阿木像是山林裡抓狂的野豬般，鼻子都快冒出煙來。

阿浪遲疑了，囁嚅著話語：「誰怕誰。」

「那我就下去。」阿木邊說身子卻一直往陽台下探去。

「有種你跳下來啊。」阿浪吼著。

「下去就下去，誰怕誰。」阿木叫嚷著。

「有種就單挑，你下來啊，不要在那邊鬼吼鬼叫。」阿浪越罵越像是隻窮凶惡極的惡犬。

一聽到鬼，阿木頃刻間像是從吹笛人的魔法中醒來般，像極了只差一步就會跌進水中的老鼠——阿木怔怔看著家門前的阿浪，雙手止不住顫動，手心裡的汗水都如下雨般，阿木嘀咕著：「會變成巴虜（鬼）嗎？」

阿浪一見阿木停止了瘋狂怒罵之後，趕緊詢問：「你沒事吧。」

「會變成巴虜（鬼）嗎？」阿木驚愕得連額頭都在滴汗。

阿浪趕緊對阿木說：「你別動，我上去找你。」

阿木一聽，立即大叫：「不行！」

這一叫，把阿浪也嚇壞了。「你怎麼了？要不要我叫你們的依尼卜思（女巫）來看看你。」

「我的慕慕（祖母）就是依尼卜思（女巫）。」阿木說。

「我知道啊，但她已經上天堂了。」阿浪答。

「不是你們的天堂。是祖先的懷抱。」阿木說。

「反正都一樣，就是我們都再也看不見你那慈祥的祖母了。」阿浪說。

「亂講，她還在我家的客廳裡。」阿木說。

阿浪瞬間打了個冷顫。「你是說，你還看得見你祖母？」

阿木說：「不就是像你家去年，你的巴伊（祖母）也躺在客廳一個多月。」

阿浪又渾身震顫，他一臉擔憂問阿木說：「可是你祖母昨天已經出殯了啊。」

這下，換阿木渾身起雞皮疙瘩。「怎麼會？慕慕（祖母）是早上發生意外的。」

阿浪後退了一步，讓整個身子都能讓阿木看見之後，才向阿木揮揮手說：「那是你還在城裡學校上課的事情，現在都已經放寒假了。阿木，你醒醒啊，阿木，要不然我去叫我們那族的尤伊佛（巫醫）來看你，你不要亂跑，先乖乖下樓，我們等一下客廳見，你乖喔。」

阿浪轉身跑出阿木的視線範圍。

阿木像是真著了魔，全身動彈不得。

魔神仔是如何賄賂附近的野貓，支開這海邊小丘上十幾隻的黑色英勇土狗，又是如何穿越祖母所設下的保護圈……阿木思索著。

當下，阿木就像是七年前，因為貪玩，在深夜時分，從家中溜出，直跑進市場裡的玄天上帝廟廣場，卻因為年紀太小，一直被推擠到榕樹下。

有一個聲音對阿木說起：「好看嗎？」

「什麼，我根本什麼都看不到。」阿木一臉失望。

「那你知道他們在做什麼嗎？小笨油。」榕樹下的黑影問。

「我不是小笨油，我是小朋友。不對，我是阿喇喇（少年）。」阿木說。

「什麼是沙拉拉？」黑影問。

「是阿喇喇（少年），我很快就會成為麻達（有獵人和結婚資格的男性）。」阿木答。

「聽不懂。喂，你是不是跟他們一樣？」黑影指著前方廣場上的男性大人問。

阿木搖頭。「他們是大人，我是小朋友。」

黑影不屑地呼了一聲。「喂，小笨油，我是問你，你到底知不知道那些大人在做什麼？」

阿木搖頭晃腦了起來。「你先等我一下。」

阿木轉身鑽入人群，沒有幾分鐘後，又再度被人海給沖了出來。

「喂，小笨油，你沒事吧。」黑影說。

阿木搔搔腦袋，看看四周。「好奇怪喔，我是不是在作夢？」

黑影冷笑。「小笨油，你是在夢遊。」

阿木從口袋掏出了一張紙錢後，說道：「他們在發這個。」

黑影一看，順手將金黃色的紙錢從阿木手中奪了過去。「沒魚蝦也好，這個給我花。」

黑影說完，立刻消失在大榕樹下。

只剩一臉瞠目結舌的阿木呆站在樹下。

阿木甚至不知道自己是怎麼回家的。

後來，阿木一直昏睡。

他的夢裡，有許多人扛著玄天上帝神轎，還發出恐怖的怒吼聲直跑向市場邊的小河。

風聲颼颼。

有咿嚕咿嚕的聲音在河邊，開始如逃跑的獵物死命狂奔。

阿木看見，有許多乩童拿著鋒利的刀劍法器跟在神轎後頭，直向黑夜深處一陣揮砍。

真有被砍殺之後的尖叫聲。

逃竄的哭喊聲。

憤怒的搏鬥聲。

咻咻咻，玄天上帝神轎轉眼成為一道金光，將原本像是被厚重灰塵給蓋住的小河，照得比白天還乾淨明亮。

嗚咽咽風聲下，河流流過那哮喘般的微弱氣音，瞬間也如天降甘霖——遠處山上來的雨水嘩啦啦，將一切沖洗殆盡。

漫天紙錢飛舞。

「喂，小笨油，要記得我喔。」

阿木驚出一身汗水，終於從混噩的夢境中，脫逃而出。

彷若武俠小說，阿木流了一身汗水，很辛苦自行解開穴道般，終於讓身體不再被禁錮。阿木趕緊跑下樓去，望著一樓裡的空蕩蕩情景，他才終於回到了現實。

風聲咻咻，在那單頻尖銳聲響之間，阿木總是很容易聽到海那兒所傳出的兩邊截然不同陣營，叫囂聲嘩啦啦和啪噠噠。

「也許還可能廝殺好一會兒。」阿木不敢看，他想像著。

海水滔滔不斷激起巨大的水花，接著破裂，那些再熟悉不過的聲音，以及那些從來都跟著潮水來來去去的東西，上岸，離岸……阿木已經聽了十二年，很快就要邁入第十三個年頭。他不會認錯的，在進入市場的前一天，阿木真聽見了，海水那邊以外，以及林投樹防風林群裡，那彷彿像是降神般的天語，怒斥，咒罵，威嚇，唸經般的喃喃不絕於耳。光是用耳朵去感受，就如眼睛真看見了一道高牆，憑空坐地而起，直是在海岸邊形成圍籬、水泥牆或是鐵絲網般的圍柵，像是捕魚時撒出的網。

有些東西的路，正在硬生生被阻斷。

呵呵。

因此徘徊在海邊丘陵間，看來，暫時我是回不了家。

02 海上有揚帆的船

「嘿，當年那個小笨油。」

我滿懷憂愁站在阿木家門前的防風林中，試圖透過風聲想找我的老朋友阿木出來討論，看他要不要跟我去牛墟賣油，還是到澳洲看煙火，去恆春吹落山風。

阿木此時坐在客廳，卻像是什麼都聽不見。

直到阿浪走了進去，身後跟著另一位同學。

阿木抬頭看著兩位同學說：「哈囉。」

阿浪急忙跟身旁的女同學解釋說著：「海嵐，我沒騙妳吧。妳看，他是不是有點奇怪。」

名叫海嵐的同學卻突然向阿木家門前一望。

那一瞧，直讓我莫名恐懼不安了起來。

我趕緊縮下身子，蹲在林投樹叢中。

我心想：哪那麼厲害，我可是躲在隱密的防風林裡，這兒是一道道銅牆鐵壁，量那個叫海嵐的女孩，應該什麼都看不見才對。

還是直打哆嗦，我趕緊將頭壓得很低，試圖搞起偽裝的工作。

卻聽見那渾身散發著某種力量的女孩，一步一步緩緩踏出了阿木家，還不時抖動起耳朵，發出微血管隨著外耳耳廓改變方向的嘶嘶聲，窸窣窸窣，有什麼傳進了那女孩的耳裡。

那雙耳朵還真是動得超靈活。就像傳說中，巴宰族的巫婆會在半夜命令起她忠心的僕人，那無數隻喪失心智的貓，夥同結黨在深夜最寂靜適合睡覺的時刻，睜開牠們那與生俱來的天賦，一雙雙貓眼就像為虎作倀的惡鬼正在幫巫婆環顧四周動靜。

難道是薩摩亞回來了。

我不免心一驚，想起很久以前的山林歲月，當時，滿天都有騎著香蕉葉飛行的薩摩亞，就是巴宰族口中的巫婆。

「天呀，我只是無家可歸的可憐蟲，妳千萬不要挖我的心肝啊。」我顫抖著說。

那女孩卻笑了。

阿浪一臉訝異。「海嵐，阿木很可憐，妳不要嘲笑他。」

海嵐板起臉孔回答：「我不是在笑阿木，我是在笑，那些被我們稱作魔怪幫的東西，現在正四分五裂，各立門戶，散居在草埔中。」

阿浪一頭霧水。「什麼魔怪幫？」

「就是那些不是鬼也不是人的東西啊。」海嵐回答。

阿浪搖搖頭。「我是在說阿木，阿木他沒事吧。」

「一定是魔怪幫惹的禍。」海嵐答。

風聲颼颼中，我乘著風的間隙，小心謹慎透露出訊息，試圖反駁：「喂，小笨油，我不是魔怪幫。」

海嵐這下笑得像是看見小丑，她捧著肚子。「看來魔怪幫也有肯改邪歸正的人。」

「什麼人？妳不是說魔怪幫不是人。」阿浪被搞糊塗了。

「我不是魔怪幫。」我說。

「反正就是那些到處在海邊、山裡和都市陰暗角落遊走的東西。」海嵐說。

「妳是說流浪漢？」阿浪問。

海嵐又笑了。「嗯嗯，的確很像喔。」

「喂，我不是乞丐啦。」我說。

「魔怪幫的所屬份子十分複雜，它們有的叫山魈、山精、魔神仔、芒神、魍神等等，總而言之，就是類似歐洲童話故事裡的小精靈，它們應該是那樣的東西。」海嵐說。

「我不是小精靈。」我嘟囔著。

「小精靈？」阿浪歪斜著腦袋思考。「阿木是被小精靈摸走了？」

「阿木不是還好好的，他沒有走失啊。」海嵐說。

「所以兇手不是妳剛才說的魔怪幫？」阿浪問。

「阿木又沒有被殺死，哪來的兇手。」海嵐答。

「所以阿木沒事？」阿浪問。

「魔怪幫的人在門外，應該沒有辦法進來才對。」海嵐答。

「那阿木是怎麼了，他需不需要看醫生？」阿浪問。

海嵐邊笑邊轉身，在走入阿木家客廳前，她又回望了一眼林投樹叢，彷彿是在說：「嘿，我看見你囉，你給我小心點。」

瞬間，我雞皮疙瘩掉滿地。

「什麼魔怪幫！我看妳根本更像是巫婆黨！」我說。

阿木一直坐在客廳發呆。

海嵐問阿木說：「阿木，要不要出去走走？」

阿木搖搖頭。

阿浪也跟著鼓吹起阿木。「走啦，我們出去玩，你好久沒有回來了。」

阿木又再度搖起了頭。

阿浪拍了阿木的肩膀一下。「拜託，兄弟，你不要再無精打采，你的巴伊（祖母）會傷心的。」

阿木邊搖頭邊說：「她是我的慕慕（祖母）。」

「反正就是你的祖母嘛。走啦，你的阿嬤不會想看見你成天悶悶不樂的。」阿浪說。

海嵐對著阿木東張西望，說道：「我想你應該沒有生病，只是精神有點不大好，但不是因為精怪的問題。」

「精怪？有一種奇怪的聲音，我想是因為我昨晚沒有睡好。」阿木回答。

阿浪驟然精神緊繃了起來。「什麼聲音，別嚇我，我可是什麼都不知道。」

海嵐的眼神就像是無雲夜晚的滿月光亮亮。「是外面的魔怪幫，又想整人了吧。那些東西，總是齜牙咧嘴，一會兒吐出蛇一般的舌頭，一下子張著滿嘴惡鬼地獄般的大爛牙在溪邊假裝吃烤山羊腿，沒幾秒鐘又轉了個性，跑到人家的院子裡，想要誘拐小孩陪它們玩吃泥巴的遊戲。還有，它們太愛跟人玩捉迷藏了，所以老是害人迷路。」

阿木一聽，心一驚。「果真是魔神仔，對吧？」

阿浪左顧右盼，一臉慌張問道：「你們到底再說什麼啊？不就是中邪嗎？」

海嵐展現神祕的笑容。「那些愛用口水當口紅膠的魔怪幫真把你嚇住了？」

只見阿木又搖起了頭。「我想沒那麼簡單。」

海嵐雙手交叉在胸前，往阿木家客廳的藤椅一坐。「說的也是，魔怪幫再也不能像以前那樣，想要小孩幫它們跑腿，只要變些蜘蛛、蜈蚣、昆蟲。想要小孩嚇得哇哇大哭，就露出像蟑螂腿般毛茸茸的四肢。想要唱歌，就從枯骨般的身軀叫出一堆魂魄來幫它們合唱。想要跳舞，就把蚱蜢、跳蚤、青蛙往關節巢一放，搞得那些魔怪是四處亂跳，從海邊舞出了〈思想枝〉又跳到了山林唱豐年祭組曲，一下子又扭到都市裡的街角，搞得到處都像是它們魔怪幫的舞會場所，還咚吱咚吱跳針在小孩子的房門口擺來擺去。」

阿木點點頭。「已經沒有那麼多魔怪了。」

「什麼魔怪？為什麼它們已經沒有那麼多了？」阿浪問。

「因為土地越來越少，房屋越蓋越多，魔怪早就已經沒有家了。」海嵐回答。

阿浪似懂非懂說起：「這麼說，魔怪幫現在已經變成丐幫了喔。」

海嵐頓時大笑。「好像還真是這樣。」

阿浪終於忍不住心中的疑惑問道：「魔怪幫的消失有什麼好高興的？妳跟它們有仇嗎？」

海嵐搖頭。「我和它們無冤無仇，也沒有和它們結怨，更從沒有親眼目睹它們。只聽說魔怪幫老愛趁人不注意時胡鬧，不過最終都是虛驚一場。假使那樣古怪的東西全消失了，我想無論對這世界有沒有益處，好像都是一件讓人感到放心的事。」

阿浪搖頭。「所以它們也不算是壞人囉。我巴伊（祖母）說過，這世界是萬物的，不是人類的。所有生命都是平等。」

這下換海嵐顯露一臉疑惑。「你說的有道理。仔細想想，它們應該也不算是大奸大惡的東西吧。好像也只是讓人失了神，迷了路，頂多就是騙人抱起稚嫩的嬰兒還是揹起受傷的老婆婆，結果是害人一直揹著大石頭在馬路旁鬼打牆那樣亂走。它們沒有固定的形象，一下子幻化作老先生，一會兒又是老婆婆，可能是年輕小姐，也會變身成小女孩，有時候是調皮的男孩，也可能是凶神惡煞的莽漢。唯一的辨認方式，就是聞聞看，有沒有落葉腐臭的氣味，從它們那像是隨便摘兩片姑婆芋葉子來裝飾的大嘴巴裡跑了出來。唰唰唰，還有它們走路的聲音像是，雨打在芭蕉葉上。嘶嘶嘶，它們的身體像隨時洩氣的氣球，所以總是要一邊走一邊摘取馬路邊的野花野草來裝飾，它們日漸乾枯的身軀。嘖嘖嘖，它們會發出嘆氣聲來吸引人類的注意。不過……同情嗎？好奇嗎？小心，如果沒有及時發現它們的真面目，那像藤蔓般的雙臂會纏上你，那像蜥蜴般的舌頭會捲走你。仔細看，那邊走邊脫落的尾巴碎屑，簡直就如同已經被風化的石頭，一點一滴掉落中。」

這下，換阿木咧嘴大笑。「海嵐，妳說的，真的是魔怪幫的成員嗎？我怎麼覺得，那聽起來更像是矮人的傳說。」

阿浪搔起腦袋。「什麼魔怪幫，我都還沒搞懂，怎麼又來了個矮人傳說！」

海嵐解釋。「請別誤會，我可沒幫那些魔怪幫加上全身黑漆漆的模樣喔。」

一直躲在林投樹中的我，不禁為屋子裡的小笨油們捏了一把冷汗。

「他們還真敢說。要是以前，我想那些東西，早就一擁而上。想當初，那些小笨油口中所說的東西，可是這土地上的一派大人物，雖不算是英雄，也有最後成為神祇的例子。唉，真是世態炎涼，世風日下，世事難料……那些小笨油們搞不好連敬老尊賢都不懂囉。」

「有奇怪的聲音對不對？」阿木突然臉色大變。

海嵐也安靜了下來。

「什麼？到底是什麼啊？你們可別嚇我呀！」阿浪驚慌失措直躲在阿木背後。

海嵐降低音量說著：「應該是魔怪幫的成員。」

阿浪問：「它們想幹嘛？」

阿木聳聳肩。「我不敢確定，好像是，又好像不是。」

海嵐猛然起身，往門邊走去。

阿木叫住了海嵐。「不要嚇到它們，其實我們現在的處境應該跟它們也差不多了吧。」

「什麼？阿木，你是說我們會變成魔怪幫的人？」阿浪問。

阿木回答：「我是指，我們都是住在這塊土地上的生物。」

海嵐像是極力劃清界線般，連忙說道：「這裡早在四百年前，甚至是更久之前，就已經是我們的家。」

「這裡也是魔怪幫它們的家啊。」阿木說。

海嵐靜下心思索後。「也對。搞不好它們比我們的祖先還早到。」

阿浪一臉驚恐。「別說了。你們說的東西怪嚇人的。」

真有什麼聲音出現了。

沿著海岸線一直拍打，轟隆隆。

阿木也發現了。「不是尼哇哈嚕（雷）丟下唏啦唏啦（閃電）的聲音。」

「是從海邊傳來的。」阿浪說。

海嵐也跟著把目光投向靠海的窗外景致。「我們去看看吧。」

「不會是你們所說的魔怪幫在搗亂吧？」阿浪遲疑，緊抓著阿木家的藤椅不放。

阿木拽起阿浪的手說：「如果真是魔怪幫，你抓什麼東西都沒有效，因為它們會用催眠，會變魔術，會讓你忘記真正的危險。」

阿浪緩緩鬆下自己死抓著椅子的手。「海邊那裡真有什麼不對勁，對吧？」

「連你都感覺到不對勁了，我敢保證，海邊那裡絕不是魔怪幫在作亂，所以鞭炮也沒用。如果遇見了，還真不知道該怎麼辦。」海嵐說。

阿木一行三人往海邊跑去。

我也十分謹慎跟在他們後頭。

遠方的隆隆聲持續，像是有什麼不祥的預兆，即將出現。

「看見大海喏。」阿浪說。

「好深的顏色。」海嵐一直在觀察海面變化。

只見阿木仰起頭說：「連海鵝都不飛了，這是怎麼回事？」

「你看那些網子。」阿浪說。

「哪來的鋼筋和水泥？」海嵐問。

「在哪兒？」阿浪問。

阿木指著他右腳下的景色，問道：「那裡怎麼會有一塊半成品的水泥平台？」

剎那間，海面上驚詫得噴發出一朵朵灰黑色浪花。

而阿木他們所站的山腳下，土黃色的水沫像是浪花的血，直從岩岸裡的縫隙回流到灰色潮水間。

叩隆隆，每一次海浪湧發後，海水便離岸邊越來越遠，像是連浪都想逃跑般。果真和平常不一樣。沒有了那些非人異獸和精靈鬼怪老是在登陸失敗後，倉皇逃竄至海的迴流中，等待下一次攻佔時機到來，所引發的那些海水現象。顯現在阿木他們面前的情景，海竟然撤退到平常不會裸露出來的海棚位置，還直將整個海岸往海的中心推動，離岸更退遠一些。

阿木見狀，指著退往海洋中心的潮水說：「不會是海嘯吧？」

海嵐一聽，趕緊又動起她那雙超級靈敏的耳朵。「沒有動物的奔逃聲，森林很安靜，海邊的防風林也很寂靜。」

阿浪渾身發抖。「動物呢？牠們不會全都已經逃走啦！」

阿木抓著阿浪。「再看看，也許只是退潮。」

阿浪拼命搖頭。「不是退潮，那就像電視上所說的海嘯，海水在撤退，它們不久就要全部反撲。」

阿浪開始向後逃跑，還一邊狂叫。「有海嘯，有海嘯！」

阿木轉身想去追回阿浪，卻停下腳步回頭看了一眼，始終鎮定以對的海嵐。

海嵐開口說：「不像是海嘯。如果真要說有什麼，很可能是海裡住的野獸，那無時無刻想要吞沒漁夫阿滿（船）的野獸，它們回來了。」

頓時，海面上出現許多巨大的黑點。

阿木揉揉眼睛，簡直不敢相信，那海的盡處到處都是阿滿（船）。

「真的是阿滿（船）。」阿木說。

海嵐也被眼前畫面所迷惑。「海面上的巨大阿滿（船）又回來了。」

突然，有一個長得很像海嵐的女孩從阿木他們身後，同時重重地拍了他們的肩膀一下。

「喂！你們在做什麼？」

「是阿滿，好大的阿滿（船）。」阿木喃喃說著。

那長得和海嵐極為相似的女孩說：「拜託，一個喊著有海嘯，兩個在這裡以為看見阿滿（船）。你們到底在玩什麼把戲。」

阿木仍喃喃低語。「巨大阿滿（船）的到來，會帶來詛咒……」

海嵐倒是被她身後的女孩給瞬間拍醒。

「海棠，妳怎麼在這裡？」海嵐問。

「麻目吉打（吃飯囉）！」海棠答。

「慕慕（祖母）說，災難將來自大海。」阿木說。

「什麼啊！現在都二十一世紀了，請你們不要在這裡演十七世紀的外族侵略連續劇。要演，就演偶像劇。」海棠說。

阿木仍失神地胡言亂語著。「是詛咒。慕慕（祖母）說有詛咒。」

海棠氣急敗壞邊搖晃阿木邊說：「什麼詛咒！我們不是還存在。我們沒有消失，我們一直都存在啊。」

海嵐卻像是突然想到了什麼。「等等，海棠。阿木說的詛咒，我有印象。不過，不是因為荷蘭人的土牆。而是因為阿木的祖母，阿木的祖母受到了詛咒，也就是說，阿木的祖母曾經犯規。以球賽的語言解釋，就是說，阿木的祖母拿了紅牌。」

03 鯨魚骨市場

我緩緩從山丘走上懸崖，試圖想要偷偷眺望阿木他們所說的奇異景象。

阿滿（船）真的會再來嗎？

很有可能是海嵐那個小女孩所說的怪獸。從海上來的怪獸，把一堆人趕到這塊島上的怪獸。出現一次而吃掉多少人？像傳說中的年獸。卻不是一年出現一次，或許那怪獸用的是怪獸的紀年，但沒有人知道那種從海上來的怪獸一週期究竟是等同於人類幾年。

我在一望無際的深灰色海面上，看見慘白的淡灰色天空直是往上翹起，瞬間海天不再連成一線，那感覺就像是，海跟海一國，天空是天空。猶如教室裡，女生總是會跟男生劃清界線，女生要支持女生，男生要挺男生。我在教室的走廊外，偷偷看過無數個班級在選班級幹部時，小團體間悄悄傳遞起紙條，上面都寫著：「要團結，不能跑票。」

海於是像一塊大理石，直是往前平直延伸。而薄透像是蛋殼的天空，則露出一臉不新鮮的窘態，如垃圾一團團被垃圾車擠壓到變形般。

「天空和海真的都怪怪的。」

海崖上突然竄出了一群黑影，團團圍住了阿木、海嵐與海棠。

「你們是誰！想做什麼！」海棠大聲斥喝。

那些黑影姑且說是影子，有人一般的形象，卻透明到像是肌膚可以被穿透，血管不存在，連骨頭都隱形，只留下邊緣黑黑的影子。

海嵐一臉驚愕。「它們是魔怪幫。」

海棠則一臉不屑。「什麼魔怪幫。現在都二十一世紀了。」

「它們就是魔怪幫，它們和這地球上的萬物生靈一樣，不管多久，只要生命存在，它們就會存在。」海嵐說。

「胡說。它們連生命都不是。它們是陌生人，是敵對者。可能是敵人死去靈魂的總合，就像海面浮出小島般。它們慢慢聚合然後出現，最後還變成獵物死後的棲息地，孤魂野鬼的依靠，它們越來越像房子，還像是會移動的機械人，什麼配備都有，上面有動物死靈的零件，有妖魔鬼怪殘餘的機械裝置，有怪獸的驅動力，有野人的形體，最終組合成可以移動的飛行船、戰艦。它們老是想入侵，一直不斷找機會下手。」海棠在狂風驚濤中大喊。

黑影什麼都沒有說。

如果它們有嘴巴的話，倘若它們可以自主說話，還不會邊開口邊掉出噁心蟲子——它們會想說什麼。

不等我思索完，一群黑影就快要撲上阿木他們。

阿木他們會被吃掉嗎？

魔怪幫那些傢伙真的會吃人？

魔怪幫究竟想做什麼？

魔怪幫會殺死小笨油，還是綁架他們去山上玩⋯⋯。

從來就沒看過魔怪幫竟然集體行動。

這下，事態嚴重。

黑影搖搖晃晃，開始步步逼近阿木三人。

海嵐趕緊拽起阿木的手，又牽起海棠，三人只差幾步就快要掉下海崖。

我立即從防風林跳了出去，透過風的間隙，切穿出臨時通道，就在黑影轉頭同時，我趕緊拉著阿木三人沿著海邊丘陵小徑狂奔。

只聽見後面的黑影群，以山羊的叫聲、梅花鹿的鳴聲、田鼠的吱吱叫和海浪翻騰的轟隆隆，不斷說著：「去鯨魚骨市場，去鯨魚骨市場，跟我們去鯨魚骨市場。」

那聲音直讓人汗毛聳立，我越跑越害怕，越畏懼就越加足馬力，可千萬不能讓那群魔怪幫的人抓到。

我奔跑中的雙腿像草上蜻蜓般點呀點。

我的身影快得像雲霧飄過山間。

順勢沿著道路像一條河流往下。

吉光片羽間，我已經將阿木三人帶入了阿木母校國小旁的菜市場，那兒人很多，料想魔怪幫那群傢伙一定不敢進入。

啊，啊，啊。

一連三聲慘叫，從我頭頂上傳來。

我趕緊卸貨般，將阿木三人從我肩膀上丟落。

先是海棠跳離我一公尺遠。

阿木怔怔看著我。

海嵐倒是緊抓著我那佈滿黑色毛髮的毛茸茸右手說：「你是什麼人？」

我頓時感覺像是在玩警察抓小偷，海嵐的眼神讓我不安。

「抱歉，我只是路過，我想我該走了……」我嘗試想辦法開溜。

「不准動。」

海嵐以命令的語氣，讓我頓時不敢輕舉妄動。

海嵐又說：「魔怪幫的人都出來了，想必事情已經很嚴重。你想走，恐怕也無法置身事外。」

「那是你們之間的事。」我說。

「是鯨魚骨市場的事，難道你沒聽到嗎？」海嵐問。

「那是你們和魔神仔的交易市場，關我什麼事。」我說。

「你是來找阿木的，想必你一定感受到了什麼。」海嵐說。

我仍逞強說著：「我是來拜訪朋友的，不關妳的事。」

「真那麼簡單？」海嵐半信半疑。

我心虛說著：「對，純粹敘舊。」

「好吧，那你可以走了。」海嵐放手。

阿木瞬間在市場大哭了起來，就像他祖母出殯的那天。

那一天。

阿木搭的火車誤點，阿木一直往家的方向跑去，直到看見空無一人的房屋後，他往市場方向奔去，沿路邊跑邊問：「你們有看到我的慕慕（祖母）嗎？你們有看到我祖母嗎？」

阿木的祖母並沒有照著祖先留下的喪葬儀式，被抬到三尺高的桌子上，進行火葬。也不似最早的喪葬方式以躺進小船般，面北仰身直肢安息在家附近的土地。而是被載到隔壁鄉鎮的殯儀館、火化場，然後是更遠地方的靈骨塔。

當日，阿木一直在家附近的道路尋覓，卻怎麼找也找不到他的慕慕（祖母）。

「你哭什麼哭！」海棠瞬間臉色大變，她不耐煩睨了阿木一眼。

她轉頭，又對海嵐說：「還有妳，跟矮黑人講話有必要那麼開心嘛。」

我大叫：「我不是矮黑人。」

海嵐問：「那你是什麼東西？」

我支支吾吾回答：「我是長得比較矮比較黑又比較多毛的人，所以我霧霧（祖母）不敢讓我上學，我是在家自學。」

海嵐算是姑且相信了。「喔，原來如此。那你幾歲？」

我趕緊想了一下。「十三歲，跟阿木一樣。」

海棠則是以戒備的姿態緩緩朝我走過來。「十三歲？我感覺你長得好像已經超過三十歲。」

我低頭，裝得一副很可憐。「就是因為這樣，我霧霧（祖母）怕我被欺負，才不讓我去學校。」

頓時，有個無頭蒼蠅撞上了阿木，發出了很大一聲巨響。

「唉喲喂！」

阿木全身像是一塊被擰出水來的抹布，一身滾燙燙的汗水從肌膚汩出後，他總算是清醒了。

「我看見阿滿（船）了。」阿木說。

「海嘯要來啦。」

原來，撞上阿木的人就是冒冒失失的阿浪。

我回答：「沒有阿滿（船），倒是詛咒可能是真的，因為魔神仔要你們去鯨魚骨市場。」

海棠一臉生氣。「為什麼是『我們』，你敢說這件事跟你無關。」

我被問得結結巴巴，最後只能說：「因為它們是去綁架你們，又沒有綁架我。」

阿浪聽得瞠目結舌。「什麼魔神仔，你們被魔神仔攻擊？」

我說：「對。還好我救了他們。」

「那海嘯呢？」阿浪問。

我搖搖頭。「沒有海嘯。只有詛咒，巨大的阿滿（船）出現了，那樣的海市蜃樓就跟四百年前一樣。」

阿浪突然噗哧一笑。「現在又沒有荷蘭人會突然跑來佔領我們。」

「別看我，我什麼都不知道。總而言之，魔神仔就是出現了。」我說。

海棠倒是一臉不懷好意盯著我瞧。「說來說去，我還是覺得你最可疑。」

「我怎麼了！」我很大聲回應，反倒像是讓海棠看出了我的心虛。

「你怎麼會在那裡。我們之前根本就沒看過你。」海棠說。

「我，我。」我開始東想西想，最後決定坦白從寬。「我在等一頭牛。」

「牛？」阿木問。

海嵐趕緊問阿木說：「他說是你的朋友，你認識他嗎？」

阿木瞧我這兒一望，接著搖搖頭。

海棠露出勝利的微笑。「看來你所說的一切都是謊話。」

「不是的。」我開始緊張。「我真的要去等一頭牛。還有，阿木，我們真的認識啊。嗯，就在玄天上帝廟外的榕樹下，你跟一個黑影說話，那個黑影叫你小笨油，你記得嗎？」

阿木搔搔腦袋。「好像有印象。你是那個搶我紙錢的人哦？」

「不是啦。」我趕緊解釋。「我是站在旁邊偷看到的人，那個黑影本來要抓走你，因為發現我在看它，所以它才沒有下手，是我救了你。」

阿木像是恍然大悟般，卻又搖起頭說：「不記得了。」

「這也難怪，因為你被迷去了心智啊。」我解釋。

「慕慕（祖母）說，我是被魔神仔摸去。」阿木回答。

「對，就是這樣，你明白了嗎？是我救了你，今天我又僥倖救了你們。」我說。

「那不就要好好謝謝你囉。」海棠說。

「哪裡哪哩，客氣客氣，好說好說。」我答。

「可是我們這裡早就沒有牛了。」海嵐說。

「啊哈，你又被抓包了。」海棠說，

「哪沒有牛，還有最後一頭牛在市場盡頭，就在莿桐樹下。」我說。

「誰家養的牛？」阿浪問。

「是村長堂哥他家養的牛。」我趕緊回應。

阿浪很滿意答案般點點頭。「村長的堂哥，他的確是我們這附近最後一戶養牛的人家。」

我連忙打鐵趁熱。「我沒騙你們吧。我是這裡的人，我住這裡。」

海嵐這才鬆下戒心，轉身開始觀察起市場周圍。

海棠則是一臉沒好戲可看的沮喪，咕噥著：「早知道練完芭蕾舞就直接回家。」

已經靜默幾分鐘的阿木，首先伸出手，像是要和我握手般，他說道：「你好，謝謝你救我，我叫阿木。你呢？」

阿浪也搶著跟我握手。「雖然你長得有點像動物園裡的猩猩，不過我覺得你人很好，我也想跟你作朋友，我叫阿浪。你不要怕，你今天回去就跟你祖母說，讓你來跟我唸同一班，我保證沒有同學敢欺負你。」

我連聲跟阿浪道謝，卻不知道該如何回答阿木的問題，只能一直說著：「我，我，我……」

海嵐適時幫了我一把。「不如，我們叫你阿毛，如果你不會覺得不舒服的話。」

一聽見救生圈都套上我身體了，我趕緊點頭，等海嵐拉我上岸成為他們正式朋友。

海棠嚷著：「無聊。我要回去了。」

我驟然想起了什麼。「等等。魔神仔或許會單獨去找你們每一個人。」

「什麼跟什麼。」海棠很生氣。「不都是一起生活在這塊土地的，為什麼不能互相包容！那些討人厭的陌生者，我們的祖先當初沒有趕它們出去，已經算是很照顧它們了，它們還想怎麼樣！」

我嘀咕著：「它們本來就不能怎麼樣。」

海棠瞪大眼睛對我大吼：「既然不能怎麼樣，那幹嘛要騷擾我們。」

海嵐又出手相助了。「我想，真的是發生了什麼事情，要不然魔怪幫的人不會這麼明目張膽。」

阿木若有所思。「畢竟，它們就像每個地域的保護靈。除了惡作劇，我想它們不會有意傷人。」

海棠說：「那可難說了。或許，它們也被人迷了心智。」

阿木瞬間頓悟。「我知道了，原來如此。我慕慕（祖母）說過，她房間裡有一種東西，可以送魔神仔回去自己的地域，不騷擾人類。」

阿浪一臉欣喜。「那不就快點回你家找，這樣我就不會擔心你們口中所說的魔怪幫，而煩惱到睡不著了。」

我們大家一同由市場回到了阿木家。

海邊仍傳來異樣的聲音，像是有猛獸在海裡嘶吼般。

阿浪急著催促阿木。「快一點，我好怕。」

阿木則直站在他家客廳開始回憶，鼻子上慢慢出現了一條小小的線。「我看過我慕慕（祖母）用過。是在我很小的時候。那時，外邊常有狼的叫聲，鄰居說是熊的嚎叫，但慕慕（祖母）說，是挖土機的聲音。在海邊開挖土機的那些人都迷失了心智，根本不知道自己在做什麼。慕慕（祖母）是那樣跟我說的。我還記得那個東西好像有鈴鐺的聲音，有點像是學校銅鐘的聲響，應該是環狀。」

「是尪祖拐嗎？」海嵐問。

阿木搖頭。

「該不會是螺錢？」海棠說。

阿木又搖搖頭。「我只聽過那聲音，有點像是鑰匙圈的形狀，好像是放在我慕慕（祖母）的房間。」

「那還不趕快去找。」阿浪說。

我也趕緊跟著眾人穿越廚房，到邊間小屋那兒去。

只見阿木用力推開了木門，然而裡面什麼東西都沒有，就連床鋪床墊都不見了，那房間看起來就像是剛被清倉大拍賣過一番。

阿木怔怔望著他祖母的房間，大約五分鐘後，才鼓起勇氣，用力踩進已經空蕩蕩的小屋子，只剩下牆腳邊的幾個花瓶，還有幾張小藤椅，房子的正中央仍擺著深咖啡色的木桌，除此之外，可能就只剩下灰塵、毛屑和空氣裡的霉味──其他東西則沒有被留下來。

阿浪也被眼前的景象給震懾住了。「什麼東西都不見了，這下該怎麼辦？」

海嵐則趕緊到處找找看。「這裡真的什麼東西都沒有了。」

海棠一臉苦惱。「什麼阿木的慕慕（祖母）曾被詛咒，這裡什麼都沒有，才是一種詛咒。天呀，一切都是我們的幻覺吧，一定是連續幾日的寒流把我們的腦子都凍壞了。我看，我還是趕緊回家吃午餐，不要再陪你們瞎耗時間，玩什麼被魔神仔包圍的遊戲！」

海棠轉身，一推開門就要走。

阿木卻搶在海棠前面。「她最討厭慕慕（祖母）了。一定是她，是我阿母把東西拿走了。」

04

塔拉平太陽

海邊午後的蕭蕭風聲，是來自於海水的把戲，就像頃刻間變臉的虎姑婆，褪下虛假的面具，轉眼，那個原本自稱為親戚的老婆婆，會露出比紅色大西瓜更加巨大的血盆大嘴，還會露出宛如撥開石榴後的景象，那數不清牙齒，上面沾著什麼東西，還紅紅的。

是不小心掉進滾燙熱水的老鼠。

是路過的烏鴉。

是不幸犧牲的癩蛤蟆。

老婆婆還直站在樹下，一邊笑，一邊等著啃食小孩的手指頭。

那些石榴鬼、青面婆、老母鬼……一個個等到太陽綻放完一天最白亮的光芒後，躲在樹上，藏身山林，埋伏在島嶼的各個地方，呼呼，它們模仿起大風的聲音，製造出大風的幻覺，還化身成名為「石燕」的大鳥，咻咻起飛，盤旋在島嶼的頭頂上，等待哪一個落單的人。嘿嘿，它們一笑，會有巨大石頭從山頂滾落，從崖邊掉下，哪個可憐的倒楣鬼經過，可是會因此嚇了好大一跳。

我一直聽到類似石燕起飛後的風聲。和大自然形成的對流，以及那些老是想從海裡上岸的魔怪幫所製造出來的聲響，全都截然不同。

但我什麼都不能說，因為我眼前的四個小笨油們，他們根本就看不見石燕，只有他們口中的依尼卜思（女巫）才看得到。

我決定什麼都不說，如果石燕真的出現了，我會幫助眼前的小笨油們度過災難。

我持續吃著擔仔麵。

只見阿木唏哩呼嚕沒有花幾秒鐘的時間，就把擔仔麵和魚丸湯像用倒的一般，全都塞進了自己的肚子，然後起身，他付了自己的麵錢，就要離開。

阿浪還在大口大口從熱湯中吸起滿滿的白麵，他趕緊捧起了碗，轉頭對阿木問：「你要去哪？不是說好一起行動嘛。」

阿木停下腳步，一臉懊惱一臉害怕，他越想越不安，越想越煩躁。

阿木轉身對阿浪說：「我得趕快去找到我阿母，要是讓她賣掉了我慕慕（祖母）的東西，我看世界就要大亂了。」

海棠不以為然笑著。「拜託，如果真有什麼怪事的話，我想倒楣的，應該就只有我們這幾個。喂，我親愛的前同學，我的好鄰居，我的族人，世界並不會因為我們這幾個小孩子就會突然變成什麼可怕的模樣。更何況，我們只要找到你所說的那個像鑰匙圈般的環狀法器，不就什麼事都沒有了。你別擔心，那種東西就算被拖到市場旁的牛墟去賣，也不見得會有人想買。」

海棠一說完，阿木當頭棒喝。

「原來是市場旁的牛墟。對喔，我阿母一定把那些老東西拿到那裡去跟人家交易了。」

阿浪趕緊吸完麵碗裡的最後一根麵條，接著大口灌了幾口湯，起身，也在桌面放下了自己的麵錢。

海嵐也吞下了最後一口豬油拌飯，付了錢，就要離開小吃攤。

只剩下沒有點東西的我和海棠，緩緩跟著大家的動作，我先轉身預備離開，海棠則是意興闌珊地站起來。

就這樣，我們一行人在午後一點鐘，再次進入了市場。

所有攤販都在忙著收拾自己的貨品，還有許多趕著撿便宜的老爺爺老奶奶仍然站在攤販前，一邊翻看著剩下來的魚肉蔬菜水果，一邊跟小販寒喧套交情，希望能以最低的價錢買到仍在保存期限內的食物。

阿木走在最前頭，阿浪跟在阿木後面。

海嵐在我前面，她一直透過狹長形市場遮雨棚的縫隙觀察著天空。

我則走在海嵐後頭，東張西望。

海棠走在我後面，倒是突然開口對我說：「喂，你怎麼對這市場好像不太熟。你真的是這裡的人嗎？」

我嚇到了，趕緊鎮靜下來，慢慢回答：「我，我因為長得奇怪，所以我霧霧（祖母）不准我隨便亂跑。」

海棠的聲音冷冰冰說起：「咦？你不能亂跑。那你對這裡應該不熟囉。奇怪，那你為什麼又知道村長的堂哥家，還養著這附近的最後一頭牛。」

我心中一怔。

海棠繼續說：「啊哈，被我抓到了吧。你是不是在說謊？」

我急忙轉頭，試圖解釋。「不是的。那頭牛對我很重要，所以我霧霧（祖母）才會讓我出門去等那頭牛。」

「你等那頭牛做什麼？」海棠又問。

「我不能講，請恕我無可奉告。」我回答。

「是你編出來的謊話吧，所以你什麼實話都不能跟我們講。」海棠說。

我急了。「反正到時候，妳就知道了。」

「到什麼時候？」海棠問。

我脫口而出。「等那頭牛死了。」

海棠大笑。「被套出來了吧。你是要偷牛。對吧。」

我一臉慌張，趕緊轉過頭去，只見阿木、阿浪和海嵐已經離我有三十公尺的距離，我趕緊跟上他們。

就在一輛小貨車駛進市場，準備把剩下來的魚載走時，我緊急煞車，結果前方騎著腳踏車的老伯伯卻因為被小貨車嚇到，而不慎跌倒，還壓到一旁的海嵐。

我趕緊衝上前去扶起老伯伯和海嵐，阿木他們也立即來幫忙。

頓時，市場裡人聲鼎沸，討論聲不斷。

阿木確認老伯伯沒受傷後，馬上把老伯伯的腳踏車牽給老伯伯，接著扶老伯伯上腳踏車，看老伯伯騎走後，他才轉頭問海嵐說：「妳在發呆嗎？身為依尼卜思實習生，妳應該不會發生這種小意外才對。」

「依尼卜思（女巫）也是人。」海嵐回答。

阿浪突然手舞足蹈。「阿木終於清醒啦，不再氣你依拉（母親）囉。」

阿木瞬間對阿浪很兇。「要我說幾次，她是我阿母，不是我依拉（母親）。」

阿浪一臉不好意思。「對不起，別生氣。她是你繼母，不是你依拉（母親），我下次不會再說錯了。」

海棠珊珊來遲，等到小貨車都移走了，她才跟上我們。「我依拉（母親）不會讓我姊當依尼卜思（女巫）的。」

阿浪轉頭問：「不讓她當，要不然要讓妳當喔。反正妳們是雙胞胎，應該誰當都行。」

海棠睨了一眼阿浪。「不要亂講。現在都二十一世紀了，有醫生，有科學，我拉們（父親）和依拉（母親）不會讓小孩去繼承依尼卜思（女巫）。」

「不繼承依尼卜思（女巫），那你們家是不是也不要繼承妳慕慕（祖母）留下來的土地？還有庫瓦（公廨）那邊怎麼辦？你們家還要不要住在這兒？」阿浪說。

「那你為什麼住在這裡，你又不是我們西拉雅。」海棠沒好氣地說。

「因為我家在這裡啊。」阿浪回答。

「我家也一直都在這裡啊。」海棠說。

「我看見鯨魚骨市場了。」海嵐話一出，瞬間嚇壞了我、阿木、阿浪和海棠。

「妳說什麼？」阿木問。

「就是在這裡，以前的鯨魚骨市場離這裡不遠。」海嵐說。

「是幻覺吧，這裡只有賣魚，賣蝦，賣青菜洋蔥，賣水果菜苗，賣布，還有二十元店、包包攤、飲料攤，以及衣服……哪來的鯨魚骨。」海棠說。

「是指地名，這裡就是鯨魚骨市場。」海嵐說。

「鯨魚骨？是不是荷蘭人取的地名？」阿木問。

海嵐點點頭。

「妳一路都在觀察這市場，所以才會沒看見那輛突然闖入的小貨車和騎腳踏車的老伯伯嗎？」我問。

海嵐又點點頭。

阿浪倒是滿臉疑惑。「可是鯨魚骨市場不是在海邊？應該是以賣漁獲、獵物和鹿皮為主。」

「經過那麼多年了，海一直往大洋的中心退去。」海嵐說。

「是陸地把海洋推出去了。」我說。

「拜託，是泥沙淤積好嗎？」海棠說。

海嵐指著小廟前的廣場說：「以前這裡就看得見海了。」

「還有這裡，看到那些芒草叢了嗎？那裡以前是沼澤地喔。」海嵐轉身繼續說。

「跟我來。」海嵐小跑步往前奔去。

「這漥小池塘是被海水蝕出來的喔。」海嵐繼續說。

「那裡以前是港口，就在小池塘上游的小河。」海嵐真像是看見了過去的景象，她一直滿臉雀躍。

「阿滿（船）會在這裡卸貨。」海嵐說著。「阿滿（船）也會在這裡載走鹿皮。巴達維亞的水牛就是這樣被載來的。乘坐巨大阿滿（船）的人，他們要的東西是越來越多。那些外來者，他們以鋼刀和漆器和我們交換。用絲綢布匹和菸草和我們交換。他們用一切我們原本所沒有的，和我們交換珍貴的鹿皮，那些原來應該要穿在我們祖先身上的鹿皮，後來都到了遙遠的歐洲去。」

海嵐說完，不禁沉重地嘆了一口氣。

海棠說：「這有什麼，本來以前的日子就是個以物易物的世界，我們的祖先還不是乘著阿滿（船）到其他島嶼換取日常生活所需。」

我聽完後，卻是大驚失色。「這裡，真的是鯨魚骨市場嗎？」

海嵐點點頭。

「所以我們真回到了魔怪幫所言的鯨魚骨市場？」我問。

阿浪一嚇，直躲到了阿木的身後。「拜託，大白天的，怎麼可能會有魔怪幫！」

海嵐一聽，也急忙擺出嚴肅的臉孔，從口袋裡掏出驅邪的植物，向四周動靜戒備。

阿木倒是一派輕鬆。「這裡是市場，不是四百年前的鯨魚骨市場，阿滿（船）已經開不進來了。而且，外族人和我們祖先已經不在這裡交易了。」

我還是很不放心。「可是魔怪幫說，叫你們回去鯨魚骨市場。他們說的，會不會就是這裡？」

阿木回答：「四百年前，白天的鯨魚骨市場是外族人和我們祖先交易的地方，當沙火（夜）來臨，屬於魔怪幫的市集才會真正出現。」

阿浪趕緊說：「那我們趕快走吧。天黑之後，誰都不要再靠近這兒。」

阿木也深表贊同。「當務之急，還是先找到我阿母再說。」

沿著市場兩邊矮矮扁扁的古老紅磚牆，每一片紅磚都像是餅乾一塊疊著一塊，跟現在家裡所看見的，那長方形有厚度的紅磚，是完全不一樣。

古老扁扁的方形紅磚看起來像是扁扁的石頭，比較像石板，薄薄的，看起來很容易就被踩破般。然而實際上，那紅磚彼此緊密連結起來的牆壁，卻宛如堅硬的岩石，歷經幾百年歲月的風化後，僅有表面屑屑脫落，而牆的本體仍是完好如初。

阿木先跨過了某一處矮小圍牆，接著踩上了柏油路。

我們一行人也跟著阿木走過去。

眼前出現的景象，看起來就像是另一個市場，在隔了一條小徑之後，原來還有一個小型市集藏匿在市場的途中，只是賣的東西好像有些不一樣。

阿木開始掃視週遭一圈。

阿浪也跟著在小市集裡轉起圈圈。

海嵐則是神情凝重，謹慎提防起迎面而來的每一個人。

我則是停下來，看著一攤賣古書的老先生。

「做什麼！你要買武功秘笈嗎？」海棠說。

我搖搖頭。「這是什麼？」

「不就是很久以前的書，是用線綁起來的書，還有用毛筆沾墨水寫的書，也有用其他古怪顏料寫成的書。反正你喜歡的話，這些古書就是寶貝。你不喜歡的話，這些飄著霉味，不知道是真的還是假的古書，對你而言，就沒有任何意義。」海棠說。

「這裡面會記載以前的祕密嗎？」我問。

「我怎麼知道，我不喜歡看書，你千萬不要問我。」海棠答。

海嵐向我們走來。「海棠別胡說。阿毛，如果你用心找，不管是歷史、古老傳說、武功、祕密還是寶藏等等，一定會找到你有興趣，對你而言又有意義的古書。」

「真會有寶藏嗎？」我問。

海嵐微微一笑。「也許用心看，你真能從古書中，找到屬於自己的寶藏喔。」

我一聽，真好奇了起來，立即就蹲在舊攤子前，尋找藏有寶物的古書。

阿木則繼續往前找尋他的阿母。

阿浪直跟在阿木的後頭。

海嵐也打算跟過去，她對我說：「你跟海棠在這裡等我們。我們繞完一圈後，就在這古書攤前會合。」

我拿起一本草藥書，邊翻邊點頭。

海棠則是很無奈。「天呀，跟著你們也是無聊，在這裡陪這個阿毛看書也是無聊，我的寒假怎麼會這麼無聊。」

海嵐訓起了海棠。「看書怎麼會無聊。書中可是藏有許多世界的祕密，不管是什麼問題任何領域，書都能解答妳。還有，老師叫我們看的《西山一窟鬼》，妳不妨在這裡找找。」

海棠扮起鬼臉。「拜託，那是宋代的話本，這裡怎麼可能會有賣。」

「搞不好，你會找到以前私塾留下來的版本也說不定。」海嵐回答。

「這裡以前只有書院。」海棠說。

「妳別忘了，還有一個漢人老師來過我們這村裡，教導許多有錢閩南人的小孩讀書識字。」海嵐說。

我在古書攤前聽海嵐姊妹講的事情，聽得是津津有味。一等到海嵐離開後，我才問海棠說：「妳們說的事情，我怎麼從來都沒有聽過，請問那是發生在多久以前的事情呀？」

海棠有些不耐煩回答：「你真像是什麼都不知道的野人耶。算了，算了，我想你已經夠可憐了。我就發發好心告訴你吧。我姊說的那些，都是幾百年前的事情囉。」

我一臉尷尬，低頭看著自己雙手雙腿之間的黑色長毛。

海棠倒是第一次主動關心起我。「對不起。阿毛，我不是有意的啦。我跟你說對不起。」

我輕搖起頭。「沒關係。謝謝妳擔心我，真的很謝謝妳。」

突然，有人打斷了我和海棠說話。

是古書攤的老闆。

「喂，小笨油們，你們想不想看看真正的奇書啊。」

我一聽那人說話的語氣，倒是有幾分耳熟……不等我思索完，我瞬間感覺到有些陰冷的空氣，直從四面八方吹來。

我立即丟下古書，站了起來。

只見古書攤的老闆笑了笑。「別緊張，小笨油，我只是想賣你一本書而已，你不要害怕。」

深呼吸後，我鼓起勇氣，對著那奇怪的古書攤老闆一問：「什麼書啊？」

「這是全牛墟之中，只有我才知道的祕密喔。」古書攤老闆笑了笑，接著繼續說：「嗯，就這本，《塔拉平》。」

海棠伸手接了過去。「塔拉平（太陽），我們買太陽做什麼？」

古書攤老闆又露出神祕的微笑。「有太陽就有希望啊。」

海棠說：「那不是真的塔拉平（太陽），那只是一本書。」

古書攤老闆解釋。「這是很久以前的塔拉平（太陽），我保證跟現在的不一樣。」

我點點頭。「海棠，我覺得老闆說得很有道理，不如妳就買下《塔拉平》，有塔拉平（太陽）在的地方，總是比較安全。」

海棠面露半信半疑的神情，問老闆說：「多少錢？」

古書攤老闆搖搖頭。「這書可是無價之寶，它可是真正的塔拉平（太陽）耶。我是不敢隨便幫太陽估價，不如這樣好了，你們隨便拿個東西來跟我交換，就當作是結緣。你們說，這樣好嗎？」

海棠回答：「如果你想要以物易物，我覺得最快的方法，是去加入交換東西的網站。我聽說，國外有人用一顆鈕扣換來換去，最後換到一棟屋子喔。」

古書攤老闆微笑。「那我就用書換你們身上的小東西，比如說，一個鑰匙圈。如何？」

我一聽，莫名感到害怕，當下，趕緊抓著海棠往人多的地方跑。

海棠掙扎。「阿毛，你做什麼？你抓得我的手好疼！」

我邊跑邊回答：「那一定不是真的塔拉平（太陽），它們害怕塔拉平（塔拉平）。魔怪幫的，它們一定不會賣真正的塔拉平（太陽）。因為，我曾聽阿木的慕慕（祖母）說過，塔拉平（太陽）就在我們的心中，就在天上。」

05 牛墟裡的交易

像是走入大霧，在滿滿人潮中，我和海棠在明明只是用籬笆圍成一個如泮池那樣半圓形的小市集裡，卻離奇和阿木、阿浪、海嵐他們走失了。

當海棠被我拽著跑的時候，因為她手痛，我就趕緊鬆掉我毛茸茸的右手。

海棠卻突然抓起我的衣角，輕聲說道：「喂，我也開始覺得有些怪怪的。」

「別說了，我覺得剛才那個老闆好像是詐騙集團，至於他為什麼要騙我們，他真正的身分是什麼，我簡直不敢多想。算了，還是去找阿木他們吧。」

我很緊張，一邊觀察四周，一邊尋找阿木他們的身影。

海棠說道：「依照牛墟的擺設，前面四攤都是賣深海古怪大魚的，接下來會出現賣盆栽的攤位，然後是叫賣的攤位，接下靠水溝旁邊，就會出現幾攤古書攤……現在我們則站在骨董攤前。按理說，我們已經繞了這牛墟大半圈。」

我說道：「天呀，我可不想再遇到剛才那個奇怪的老人。」

海棠也心有餘悸。「你也聽到了吧。他，那個人，他竟然要跟我們換鑰匙圈。聽起來就像是童話故事中的小精靈，什麼假意幫忙，還是先給好處——這樣想來，森林裡的小精靈不就是最早的詐騙集團。」

「海棠，會不會是我們想太多了，也許那老闆真的是要一個普通的鑰匙圈，而不是阿木慕慕（祖母）的鑰匙圈。」我說。

「你怎麼了？你不是也覺得那個老闆有些古怪。」海棠問。

我抬頭觀察起雲悄悄遮蔽原本水藍色的晴朗天空。「我想，我們還是不要亂跑，比較安全。」

就在我和海棠猶豫著，究竟是要回到古書攤，還是要繼續往牛墟深處前進的時刻。遠遠，我聽見好像是阿浪在跟人家吵架的聲音。

海棠瞬間也動起耳朵。「你聽見了吧？」

「是阿浪，對吧？」我問。

「要不要過去？」海棠又問。

我囁嚅著話語：「應該不會是陷阱吧。」

「算了，去看看吧，大不了，我們再逃跑一次。」

海棠說完，趕緊拉著我往那些專門賣小雞、小鴨、小鵝的攤位前進。

「你們要做什麼？」阿浪說。

「我們兩個只是路過。」陌生的聲音說著。

「你們不要找麻煩喔。我們是絕對不會跟你們打架的，如果要發洩體力，我想你們找錯人了。」阿浪說。

「喲，會怕耶。我們有那麼兇嗎？」陌生的聲音持續威脅著阿浪。

「你們不要過來。」阿浪大叫。

「阿浪，喲，又只有你一個人落單呀。不是說好了，女生跟女生一組，男生跟男生一組。莫非，你練了《笑傲江湖》裡的《葵花寶典》。哈哈哈，不過女生們不是都已經兩個兩個一組了，就算你練了《葵花寶典》也沒用，你的寒假作業還不是沒有人跟你同一組。哈哈哈，你該怎麼辦？」一個像老虎般弓著身軀，活脫脫像是在質問獵物般的少年問道。

而站在老虎般少年的身後，有另一個側著臉的少年，身形高大威武像隻熊般，直是發出低沉的悶悶笑聲。

阿浪氣急敗壞，發出猶如黑狗捍衛家園的叫聲反擊。「你們兩個少在這裡胡說八道。我們班上同學本來就是單數，我自己一個人作寒假作業也行，你們不要在這裡挑撥離間。更何況，海嵐和阿木是我的朋友。」

「喔，這麼大聲，還蠻有男子氣概的。原來，你沒有練《葵花寶典》喔。不過，阿浪，你怎麼才升上國中就急著交女朋友，還跟阿木一起愛上同一個女孩。哎喲，對方還是個女巫耶，你不怕被做法。」老虎般的少年說。

阿浪如狼般長嘯。「夠了。海嵐是女祭司實習生，跟巫婆不一樣，也跟你們這些成天游手好閒，不幫忙家裡分擔家計，又不認真學習課業的人，全都不一樣。你們才要小心，會被訓導主任修理。」

「嘿，他說我們的訓導主任是巫婆耶。」老虎少年對熊少年說。

熊少年又發出悶悶笑聲。

老虎少年說：「你還真敢講。為了愛情，不惜兩肋插刀也在所不惜。你竟然這麼勇敢為了你的小愛人海嵐，得罪學校最恐怖的虎姑婆吳主任，我跟你說，你，你，你死定了。」

阿浪大笑。「哈哈哈，白痴。叫你平常多讀點書，你就是不肯，什麼兩肋插刀，那是用在朋友身上，不是用在愛情。不過你說對了，海嵐和阿木的確是我朋友，所以我願意為他們赴湯蹈火也沒關係。不過在那之前，你應該先問問看你旁邊那位仁兄，願不願意為你兩肋插刀。」

「什麼意思？」老虎少年問。

「你說的話，我全都錄下來了，我會交給廣播社的人，讓他們在學校裡播放出來。」阿浪答。

「播放什麼？」老虎少年這下困惑了起來。

熊少年拍了老虎少年的頭一下。「笨蛋，你剛才說吳主任是虎姑婆，全都被他錄下來了。」

「啊哈，你也說了。」阿浪說。

「騙人的吧。」老虎少年說。

「真不巧，我剛才順手按了手機裡的錄音功能。」阿浪一臉得意。

「亂講，手機哪有錄音功能？」老虎少年問。

阿浪露出勝利的笑容。「因為我爸成天逼我學英文，還規定我要反覆聽英文新聞，所以我隨時隨地都帶著手機錄英文。不像你們玩遊戲玩到沒電，又忘記帶行動電源。」

大老遠就聽到阿浪從畏畏縮縮的語氣，轉瞬間變成誇張的得意笑聲。

我和海棠趕緊跑了過去。

輪到老虎少年開始緊張。「你們想幹嘛？是想仗著你們人多勢眾，想以多欺少是嗎？」

熊少年仍惡狠狠瞪起阿浪。

阿浪大聲回應：「幹嘛。我手上有你們說吳主任壞話的證據，我們要是受傷了，還是發生意外，吳主任一定會很快就查到你們頭上。」

熊少年十分不悅，發出野獸般叫聲後，以相當低沉的聲音說道：「你有種，來單挑。」

阿浪有些膽怯。「我不是說過了。我不會和你們打架的。」

熊少年說：「你真是沒有用。」

阿浪反擊。「胡說。我比你們有用。我會幫我爸去工地打工，我會幫我媽打掃家裡，我會幫我所有的妹妹泡牛奶洗澡哄她們睡覺，我還在學校的機械人大賽中拿過冠軍，不像你們，成天就只會打架，讓你們的阿莫（父親）和伊諾（母親）擔心。」

熊少年聽完，情緒失控得就要往阿浪的方向衝，是老虎少年抓住了他。

「不要跟那些白痴一般見識，我作我們的英雄，作我們自己的獵人，不要理他們。」老虎少年說。

阿浪則反擊。「我們不是白痴。我們也在學著做自己的英雄，作我們自己心目中的獵人。」

「你連霧哥兒（弓）和吧哈（箭）都沒有碰過，你算什麼獵人。」老虎少年反駁。

「現在的世界，不需要用弓箭的獵人，反而是需要有貢獻的獵人。對村子有幫助的人，才是真正的英雄。」阿浪說。

「憑你！」熊少年幾乎是以怒吼的聲音，像是一口要將阿浪生吞活剝進肚子裡。

海嵐終於開口，像一個沉穩的小大人，展現出依尼卜思（女巫）的智慧說道：「不如，我們來比賽。」

「比就比，誰怕誰。」熊少年說。

「比賽？比什麼？輸了，又有什麼懲罰？」老虎少年問。

海嵐回答：「就比這次的寒假作業。讓讀別間學校的阿木跟阿浪一組，這樣就各兩個兩個一組，誰也沒有占誰便宜。而比賽結果等學校開學，所有作品都發表完畢，你們兩組的作品再由全校老師和學生們評分。等一較輸贏後，輸的人，要幫學校當假日導覽志工一學期。這個方法，你們覺得如何？」

「拜託，一定是我們贏。」老虎少年說。

「話可別說得太早。」阿浪說。

阿木則是一頭霧水。「什麼寒假作業？我要幫阿浪寫作業？」

海嵐解釋。「不是寫作業，而是要找出村子裡最有特色的東西。老師說，不一定是看得見的，也不一定是物品，那東西可以是人，是動物，是植物，是任何我們想得到的，然後以任何有創意的方式表現出來。」

「什麼表現方式？有限定要用什麼工具？需不需要用電腦打字寫成報告？要不要附照片？還是用畫的？用錄音的？自己上台報告呢？」阿木問。

「老師說，任何方法都行，沒有限定。」海嵐回答。

海棠則是嚷著：「這個寒假作業真無聊，那如果用演講的方式，是不是就可以不用寫了。真是適合愛偷懶的學生啊。」

海嵐趕緊補充說明。「等等，你們可別忘記了，老師說過，如果發表時，全班有半數同學認為報告不夠用心的話，是有可能被罰重寫，到時候，可是要真的用原子筆一個字一個字地寫，而且最少要寫一萬個字。」

「什麼！」老虎少年突然很震驚。

阿浪瞅了老虎少年一眼。「拜託，不是說要跟我比賽。不是想當英雄。要當英雄，當然要真的發掘對村子有意義的事，更何況這個寒假作業很有意義，如果用心做，搞不好，還能成為貨真價實的英雄。」

「你該不會是想辦什麼活動，幫村子募款賺錢吧？這個已經有人做囉，你不可以抄襲。」老虎少年說。

「亂講。我不會那麼沒創意。倒是你們，該不會想假借寒假作業之名，行詐騙之實，去騙那些登山客和觀光客的錢吧。」阿浪答。

「你怎麼知道？」老虎少年面露吃驚。

熊少年敲打了老虎少年的頭一下。「笨蛋，什麼計畫都被人家套出來了啦。」

「抱歉，我對你們的計畫是一點興趣都沒有。不過，我還是要基於同學情誼，奉勸你們一句，如果真為這個地方著想，就要讓大家都有飯吃，有書可唸，有工作可以做，盡力讓每一個人都幸福快樂才對，而不是短視近利，害大家都無利可圖。」阿浪說。

我插嘴。「等等，錢很重要嗎？你們怎麼都想到錢。」

「是觀光。我們村子最有特色的東西就是觀光。」老虎少年和阿浪異口同聲回答。

海嵐像個裁判說道：「好啦，不要再吵了。我正式宣布，比賽開始。」

06 阿基阿基長屋

當熊少年和老虎少年不可一世般，表達出想要立即出發去尋找靈感之後，我和阿木他們站在如搖盪海洋般的牛墟，四周擠來擠去的人潮像是不斷流動的海浪和游來游去的魚。我和阿木等人矗立在小廟旁的莿桐樹下那般景象，則好似大海裡的孤舟，一時間，不知道該往何處走。

突然間，阿浪給了我一個東西。

我低頭看著阿浪交給我的作業單，上面寫著三個大大的字，「海濱村」。

「這是什麼？」我問。

「你也一起參加吧。反正你是在家自學的，不用跟別人一組，但是如果你需要幫忙的話，我和阿木都可以隨時幫助你。」阿浪回答。

「這是作業？」我好奇地望著那張白白的Ａ４紙張，觸感很薄，邊緣像老牧草般銳利，很冰涼，但沒多久便被我手掌心的溫度完全給滲透過去，然後是我掌心裡濕漉漉的汗水，逐漸在作業上暈染出灰色暗暗的圖案，就像是一個答案寫在上頭那樣。我又好奇地聞了聞有關於作業的氣味，然而什麼味道都沒有，這令我相當訥悶，我以為那上頭會有古怪的氣味，要不然每次看見教室裡的小笨油們拿到作業時，不是喪心病狂到亂吼亂叫，就是哀聲嘆氣一副像是中毒快要死掉。應該沒有毒，我暗自猜想。

海棠看了我的動作後，感到十分不解，她問我說：「你在做什麼？你是想把作業單吃掉嗎？」

阿浪也瞪大眼睛看著我。「你該不會是因為肚子餓了吧？」

阿木倒是盯著我手上的作業單瞧了好一陣子，才終於開口。「你想用畫的方式，呈現村子最有特色的東西嗎？」

海嵐也低頭看著我手上的作業單。「這個汗漬，還蠻像是海邊的岩石啊。」

阿浪一聽，精神為之振奮。「海邊的石頭說起來，真是我們這個村的特產。這個想法很有意思，阿毛，你真是天才。」

阿木聽完阿浪的話，並沒有跟著覺得有趣，反倒是心底像是有大石頭沉入湖中，咚的一聲。頓時，所有人都發現了阿木的沉默，大家瞬息不敢說話，像是在等待阿木的反應能如同浮出湖面的木頭。

許久，阿木才開口說：「魔怪幫的，也許還在海邊等我們。」

海嵐也跟著憂心忡忡了起來。「阿木說得沒錯，依照以前鯨魚骨市場的相對位置，應該是在海邊，就像是阿木家那邊的小山丘。」

阿浪渾身發顫。「不會吧，他們該不會已經佔領了阿木家？因為阿木的慕慕（祖母）已經不在了，是不是代表，阿木的慕慕（祖母）所畫的符咒就會失效？」

海嵐搖頭。「它們不會隨便進入人類的家。它們只是想要交易。」

海棠聳聳肩。「交易？交易什麼？它們早就不像四百年前那樣能夠自由縱橫山野海岸，也早就已經沒有鹿皮可以跟我們換。」

剎那間，海嵐也失去了線索，低頭思忖。

阿木倒是又再度打破了沉默。「我想，無論它們想做什麼，我們現在還是先趕快找到我阿母再說。」

又恢復成搜尋隊伍，阿木走在前頭，阿浪緊跟在後，海嵐走中間，我走在海嵐身後，海棠則是無奈走在我後邊，還邊唸著：「都走到一半了，過了姑娘廟之後，就剩下賣奇怪動物料理的攤位，我可不想看到那些蛇血淋淋掛在攤位前，也不想遇見那些專門釣野生甲魚的退休獵人。還有什麼奇怪的獸骨，那些東西真的可以吃嗎？」

我忍不住回頭問海棠說：「妳說什麼獸骨可以吃？獵物的獸骨不是應該拿去祭拜嗎？」

海棠卻突然想到什麼關鍵性的答案，啊的一聲，還拍了我的肩膀好大一下。「阿毛，你真聰明。搞不好就是因為少了獸骨的靈魂，所以魔怪幫才會日漸勢微。」

我搔搔腦袋，還是不怎麼明白海棠說的話。「為什麼？」

海棠回答：「因為獸骨上的靈魂都被人類給吃掉了啊。」

我瞬間全身都起了雞皮疙瘩，還摀住了耳朵。「人也會吃靈魂？天呀，太恐怖了！妳說的是真的嗎？我不敢再聽下去了。」

海棠立即跑到我的旁邊，學起妖魔鬼怪般開始呼呼亂叫起來。

「妳別嚇我了。」我求饒說著。

海棠依然玩起裝鬼嚇人的把戲，緩緩瞪大眼睛後，慢慢翻起白眼，隨後揮舞起雙手像是小笨油們會玩的「老鷹捉小雞」遊戲。

我把頭一低，連忙轉身繼續往前走，不理會海棠。

忽然，走在最前頭的阿木停下腳步，阿浪撞上了阿木厚實又堅硬像是獵人般的背部——我聽見阿浪慘叫一聲。

沒有幾秒鐘，阿木卻開始邁開宛若粗壯巨木般的雙腿，順著海風直跑向山中密林般。

那是鹿群在夜晚會選擇躲避的場所，當塔拉平（太陽）日落後，陸地的溫度會逐漸降下，海洋的溫度則會顯得比陸地還高，這時暖暖的海風會送進陸地，像是天空的雲朵般，一波一波來自海水的雲霧越飄越高，直是到達山林裡的湖泊中心，等待溫度的遞嬗再次到來。一等天亮，山間會飄出高高的雲朵緩緩往海邊移動。

阿木的腳步宛若溫度較高的雲直往前奔去，他的腳步很輕，他的身形像半浮在牛墟裡，他眼中的湖泊區到達了嗎？鹿群總會在清晨離開隱藏的密林湖泊邊緣，到處游走，尋找新鮮的青草和鹿仔樹。

唯有耐心等候。好的獵人知道捕鹿的訣竅。隱藏自己的蹤跡，假裝一動也不動的，讓老鼠爬過，讓松鼠跑過，讓果子狸聞了又聞，讓蟹仔貓好奇盯著看，讓貓頭鷹在肩上打盹，讓帝雉的糞便都落在身上，讓蛇緩緩從身邊咻咻宛如帶刺的鞭子抽過，讓自己就連樹也無法查覺任何動靜。甚至不會驚擾任何昆蟲，不會造成蜂群保衛戰開打，不會讓螞蟻想反撲捍衛家園，就連沼澤地裡的螞蝗也不會死命一口一口吸著，蚊蠅也對猶若雕像般的獵人絲毫都不感興趣。

阿木就是那樣跑著，讓原本宛如一頭牛般健壯的身軀奔跑起來，也不會感到沉重，連牛墟裡的攤販和客人都沒有感到任何壓迫，他們一樣很自在買賣東西，什麼人都沒有感覺到，像是小蟲子見到蟾蜍排山倒海般的危險。

越跑越快，阿木彷彿飛了起來，就如很久以前的英雄，那曾幫助清領時期官員送信的那些飛毛腿。

然而奇怪的是，海棠說過，這牛墟的範圍不過就是幾百公尺的距離。

照理說，阿木應該已經跑到牛墟的盡頭才對啊。

「阿姨，阿姨！」阿木的聲音就像是鏢槍石簇般射向了獵物。

前方五公尺處，出現一名女子，活脫脫像是掉進陷阱的鹿，周圍是軟爛的腐葉和濕漉漉的泥巴，鹿群跌落後，便再也無法施力，讓自己逃出生天。

「阿姨！」阿木緊抓住女子的手。

女子才彷若從夢中醒來。「做什麼！阿木，你嚇到我了！」

「阿姨，我阿母有沒有來找妳？」阿木問。

阿木的阿姨搖頭。「沒有。」

阿木往女子的身後望去，果真什麼都沒有看到，他的心頓時無比失落。

「你看什麼？」阿木的阿姨問。

「阿木的阿姨，妳今天就只有賣這些溪石和綠檀佛珠嗎？」阿浪問。

「要不然欸。我每天不都是賣這種東西，轉眼都賣了五年。」阿木的阿姨好像有點不耐煩。

阿木只是輕聲說道：「對不起，打擾了。」

當阿木離開他阿姨的攤位時，我們都聽見了，她阿姨不屑地說了聲：「就叫我妹不要嫁，養別人留下來的孩子，果真很麻煩。」

我看見阿木的手瞬間緊握起拳頭。

才離開阿木阿姨的攤位沒多遠，海嵐對阿木說：「我知道你阿母不是你想的那種人。」

阿木憤恨轉過身。「妳怎麼知道！妳是被她的外表所騙，還是以妳依尼卜思實習生的能力來跟我說這些。」

海嵐溫柔輕拍起阿木像是隨時都可以扛起三頭大鹿般的雄壯肩膀。「你不要想太多。你不要急著否認，也不要太快下定論，等日子一久，很多事情就會水落石出。」

當我們一行人從奇石怪木攤位區域離開時，海棠驟然一臉吃驚，直指著前方。「怎麼會有屋子？」

阿浪也趕緊順著海棠的視線方向看去。「對耶，怎麼會有紅磚屋還有木屋出現在這牛墟裡？」

阿木也轉移了注意力，開始觀察起這整座牛墟市集。

海嵐倒是一臉鎮定，悠悠說著：「他們拆掉了種滿芭樂樹的圍牆，所以才會讓原本隱藏在圍籬裡頭的房舍，全都露了出來。」

「誰拆了圍籬？」阿木問。

海嵐搖搖頭。「是村長帶人來拆的。不過村長說，他只是奉命行事。」

阿浪一臉忿忿不平。「他可是村長耶。在我們那邊，族長最大，他還能奉誰的命。」

海棠則對阿浪說：「拜託。我再次強調，現在是二十一世紀，無論是部落裡的族長還是祭司都已經沒有權力，真正的掌權者，是這整個國家。Do you understand？」

阿浪一臉終於好像明白了什麼。

海棠又繼續說：「還有，你不要跟我說你不知道喔。」海棠笑得很神祕。

「你應該知道這裡為什麼會被拆掉吧。」

阿浪剎那間，臉紅得像是猴子的屁股，還急忙找洞鑽。

阿木說道：「對喔。阿浪，你爸不是開挖土機的，你怎麼會不知道這裡的圍牆被拆掉——難道這次不是請你爸來拆除？」

阿浪趕緊回答：「是我爸拆的。抱歉，我忘記了。」

我一聽，對著阿浪問：「那這裡為什麼要拆掉？」

阿浪頓時顯得緊張到語無倫次。「不，不知道。不，不是，啊，不要問我啦。對，我不是很清楚。」

阿木見了，只好替阿浪緩頰。「反正都是大人的事，我們小孩子也管不了那麼多。你說是不是？阿浪。」

阿浪得救似的，猛點頭。「對，阿木說的對。」

我則搖搖頭，拿出手中的作業單，說道：「你們不是要比賽當部落的英雄，不是說要成為獵人，不是想找出這村裡最有特色的東西……你們該不會是隨便說說的吧？我有在課本上看過，你們這樣豈不是信什麼口，然後什麼的……」

海棠回答：「對，他們就是信口雌黃。」

阿浪頃刻間，羞得臉一直低，低到就快要親到自己的脖子。

海嵐始終像個有智慧的長者，再次阻止了我們內鬨。

「別再廢話了。你們看，那些紅磚屋很新，真的很奇怪，如果我沒有記錯的話，這裡以前應該是長屋。」

「什麼是長屋？」我問。

海棠瞬間又露出懷疑的眼神望著我。「你連長屋都不知道？長屋就是我們西拉雅族居住的房子。」

我眨巴起疑惑的雙眼。

阿浪突然拍了我肩膀一下。「阿毛，你該不會是法波蘭族？」

我突然想起很久以前，曾聽過某一群入山打獵的人，他們稱人類為巴柏拉。於是，靈感一現，我回答：「我是巴柏拉，不是豬人。」

海棠恍然大悟。「原來如此，你是坵（法波蘭族語的人）。」

「對，我是巴柏拉族是坵族，不是你們西拉雅族所稱的豬人。」我說。

「那我們是敵人了。」海棠說。

我嚇得趕緊退後好幾步，想遠離隨時隨地都會惡作劇的海棠。

阿浪則決定挺身而出幫助我。「喂，小姐，如果我沒記錯的話，幾分鐘前，妳還一再強調，現在已經是二十一世紀了，古早時代的恩怨情仇早就消失，現在是和平的世界，妳還想怎麼樣啊。」

海棠收斂起伺機惡作劇的表情，回答我說：「好了，不鬧你了。所謂的長屋就是建築成長長一條龍狀，以高架木樁所搭起的房屋，這樣你懂了吧。」

我點點頭。

「妳最後一次看見裡面的長屋是什麼時候的事？」阿木則是問起海嵐。

海嵐搖頭。「那是阿基（男子）的長屋，我是女生，本來就不能靠近。」

「那妳怎麼知道那裡是長屋，也許很久以前，早就被人改建成普通木屋或是日式烏瓦建築等等？」阿木問道。

「我真的以前有看過。是在遠遠的樹上，就在國小那邊的鳳凰木上，我曾遠眺牛墟這邊的風景，當時明明還是阿基（男子）的長屋。」海嵐回答。

「那是多久以前的事呢？」阿木又問。

「我根本就記不得了。那時，我還沒讀國小，所以應該是很年幼時期的事。」海嵐說。

「會不會是夢遊？」阿浪問。

海嵐搖頭。「當時，是為了幫我慕慕（祖母）摘草藥，所以我記得很清楚。」

我聽得一頭霧水。「那現在又是怎麼一回事啊？」

海棠冷漠答道：「不過就是蓋了新房子，有什麼好大驚小怪的。」

「蓋新房子給誰住？」阿木問。

「這我就不知道囉。」海棠回答。

海嵐若有所思著問道：「那這牛墟會被改變嗎？」

阿浪搶著回答：「怎麼可能會改變？不過，就是多幾間屋子，也許還會多幾條馬路……反正這市場和這牛墟會一直存在我們這村裡。」

就在阿浪講完話的那一刻。

海嵐忽然眨起相當嚴肅的眼神，直是望著阿浪。

阿木也似乎有些不安地看向阿浪。

海棠則是往四周瞧了又瞧。

我感覺，阿浪的心曾停止跳動了那麼一小下。是做錯事被發現那般，接著阿浪的心跳越跳越快，臉上的神情也顯得越來越古怪。

07
被詛咒的土地

林投花搖曳在林投樹上，多刺的樹木像是在保衛神聖的花朵，不遭受被人隨便摘下的噩運。

海邊冷風襲上陸地後，我不禁打起哆嗦，忍不住縮緊脖子，微微朝天空一仰，灰雲下，我雙手環抱起自己，發抖問著阿木：「已經過了中午時分，還沒找到你阿母怎麼辦？」

阿木一副什麼都沒有聽到般。

他的雙眼直視著因為圍籬被拆掉，而讓腹地範圍變大的牛墟，茫然說著：

「你們覺得，這牛墟是不是縮小了。」

「哪有，我們在這裡跑來跑去快半個小時了，卻還沒走到盡頭。」我回答。

「是不是房屋好像變多了。」海嵐說。

「那如果按照牛墟原本的攤位數量，這樣一來，牛墟不就變長了，就跟長屋一樣，沿著河邊，順著道路，像不斷長大的蛇。」阿浪說道。

海棠吐吐舌頭。「才不會不停長大欸。如果沒有人要來擺攤，到時候，這牛墟只會不斷縮小，一直萎縮，就像誤吃了《愛麗絲夢遊仙境》裡的縮小蛋糕那樣。」

「什麼是縮小蛋糕？」我問。

「還有放大藥水。」阿浪答道。

「牛墟是活生生的生物嗎？」我問。

阿浪小小聲回答：「喂，好朋友，別怪我沒提醒你，有關於市場這種東西啊，其實是很神奇的。要不然怎麼以前的人不到別處去擺攤，一定要來這兒擺攤。」阿浪左顧右盼後又說道：「牛墟這兒，以前是竹林。那些竹子啊，聽說都有五層樓高，各個是長得又粗又壯簡直可媲美神木。不過那都是天方夜譚了。全都是因為四百年前的那場災難，結果這裡成了市集，還分外場和內場，販賣的東西可說是五花八門應有盡有。如果沒有點本事，絕不可能隨隨便便進來擺攤就擺攤，想進來買東西就買的，嘿嘿。」

我瞪大眼睛問：「為什麼？」

阿浪喉嚨一緊。「你可別不相信。這牛墟是內場市集，它本身就是一座迷宮，是魔怪幫撒下的夢境，如果不按照市集規則，隨便亂闖進來的，可是會被竹篙鬼給吊個四腳朝天。」

我吞了吞口水。「要做市集，不就都得把竹子砍掉？那這樣一來，怎麼還會有竹子鬼啊？」

「就是竹子都死了，才會有竹篙鬼啊。」

阿浪的聲音就像幽暗夜裡的風聲，呼呼直吹向我發涼的背脊，溫度越來越低，我就快被凍住般，全身越發僵硬了起來。

阿浪還繼續說：「竹篙鬼啊，它會假裝倒在路邊，等人經過時，它便冷不防瞬間站立起來，還用那些細竹子、竹葉、蜘蛛網等等的東西，把人咻的一聲，倒吊上五層樓高。不只不只，可能有十層樓高，有１０１層樓高也說不定。」

「真有那麼高？」我宛如站在地獄前，真遇見有三顆頭的巨大地獄之犬，心驚怖悚動後的不規律跳著。

「那是當然。」阿浪越說越開心。「要不然那些外族人怎麼都不敢進入，只敢在海邊，還掛上他們信仰的十字架、神鬼巾幡等等，他們在海邊蓋的土堡可高了，全都是糯米、灰石、黏土夯在一起，四個角都插上了很高很高的竹子。那些又瘦又細的竹篙，我一看，就知道是外來的。是那些外族人自己帶來的，像是在守衛他們辛辛苦苦蓋起來的城樓，那模樣簡直就是電視播出的泰姬瑪哈陵風景。」

海棠噗哧一笑。「你真見過？那你不就是百歲老妖。」

阿浪再度羞紅了臉。「我是看書上說的，誰叫那本書太精采了，簡直讓我身歷其境。」

海棠搖搖頭。「我看，是讀書讀到睡著了，是作夢。」

「真是書上說的啦。我真的有看完那本書。」阿浪回應。

海嵐又阻止了我們的紛爭。「都別吵了。你們不覺得這牛墟裡，真的有股難以說不出來的奇怪感覺嗎？」

「哪裡奇怪。這裡本來就是原本的內市場，是祕密基地。這裡所流傳出去的那些古老故事，早就都比這裡賣的東西還要奇怪。所以，我覺得一切都很正常。」阿浪說。

海嵐反問阿浪說：「在牛墟裡蓋房子，你認為正常？」

「那裡是長屋，本來就有房子，而被拆掉的是圍籬，更何況根本就沒有新房子被蓋起來啊。」阿浪解釋。

「那為什麼要拆掉圍籬？」海嵐問。

「很簡單啊。通常拆掉舊東西，就是為了要蓋新東西。」阿浪回答。

海棠趕緊插嘴。「啊哈，你又不打自招了。說吧，你們家要幫忙蓋什麼東西。」

阿浪的神情在一秒之間，像是從天堂掉進了地獄，原本一派輕鬆的模樣都如同被用橡皮筋繞了好幾圈，緊緊綁成一團。

只見阿浪緊皺的眉頭，都可以夾死一隻蚱蜢了。「沒蓋什麼，真的沒。我爸只負責拆東西。其他的，我們家一概都不知道。」

海棠沒有再繼續逼迫阿浪。「這倒是個好題材啊。不如，你就來研究一下這個主題，看看是什麼特別的新東西即將出現在這村莊裡。你說，這主意是不是很妙。」

阿浪連忙搖頭。「我們現在當務之急，還是先找到阿木的阿母再說，我們得拯救這個村莊，避免村裡的人再受魔怪幫的威脅。」

「這麼說，你已經想好題材了。趕走魔怪幫。聽起來很英雄，的確像個真正的獵人。」海棠開心拍起手來。「我舉雙手贊成。你這個主題真好，我想一定會贏過那兩個像熊像老虎，實際上卻是老鼠的笨蛋同學。他們想的題材，一定沒有你的有創意。」

阿浪的眼神遲疑了，但沒多久便一掃陰霾。「守護村莊安全，就是對這村子最有意義的事。解決魔怪幫的恐嚇，試圖讓好幾百年前的詛咒消失，果然是獵人才有的勇敢行為。我決定了。研究魔怪幫的詛咒，果然是這村裡最有特色的事。」

海棠又輕輕給阿浪一個小到不能再小的掌聲。「不過說到詛咒。我只知道，四百年前引發災難詛咒的第一件事，好像就是阿木家引起的。也就是說，不僅阿木的慕慕（祖母）被依尼卜思發過紅牌，就連阿木的慕慕的慕慕（祖母）也被依尼卜思發紅牌，聽說還逐出場外。sorry, sorry。應該是驅逐出境。」

海嵐一聽，臉色一沉，趕緊阻止海棠說下去。

阿浪的臉則扭得更緊了。「別說廢話了。現在當務之急，是要把魔怪幫趕走。」

我也趕緊轉移話題。「還是說說這牛墟吧。阿木，你為什麼會來市場找你阿母？」

阿木則是嘗試調勻因為情緒波動不平的氣息。他開始回想，直是讓鼻子出現一條小小的皺紋，然後才說：「我阿母的姊姊在這裡擺攤，所以我認為，她如果要賣我慕慕（祖母）的家傳寶貝，唯有這牛墟，才是最合適的交易場所。」

阿浪聞言，說道：「但是你慕慕（祖母）的那些東西可都是法寶耶，是真正可以降妖伏魔的法器，而這牛墟以前是內市場，是真正屬於魔怪幫的地盤。你慕慕（祖母）的那些東西真能進入這裡嗎？」

阿木也疑惑了，他低頭開始思索。

「會不會，是這牛墟的結界被破了。所以這裡已經變成普通的市集。既然沒有了魔怪幫，那麼一來，那些法器對這裡而言，也不過是一般再平常不過的器具。」海棠回說。

「牛墟真的要消失了嗎？」海嵐又擔憂了起來。

「不是消失，也許會越來越熱鬧，就像都市裡的夜市那樣。」海棠說。

「難怪，我們在這裡一直繞來繞去，都還沒有逛完。牛墟真的會變成大夜市也說不定。」我說。

阿浪自言自語嘀咕著：「那如果這裡變成都市人的那種大夜市之後，會不會魔怪幫就無法生存下去，只好夾著尾巴趕緊逃跑。」

我一聽到尾巴，喉嚨一緊，小聲說道：「有尾巴的，不是魔怪幫。」

阿浪又咕噥說著：「還是魔怪幫會轉而向夜市的人收取保護費。」

海棠則是在一旁竊笑。「如果真有夜市的話，那樣我們就可以天天來這裡逛街囉。」

阿木板起臉孔說道：「我們不是來逛街的。」

阿浪也趕緊跟著附和說著：「對。我們是來拯救村子的。」

「不過就是作業，幹嘛說的那麼偉大。」海棠回說。

「那不只是一份作業，那是我們這村的榮譽，是我們身為這村一份子最榮耀的任務，是為了重返獵人的光榮，你們女生根本就什麼都不懂。」

海棠隨意點起頭。「好吧，如果你活得過今天的話，你再去完成你口中所說的那些光榮任務囉。」

海嵐趕緊打圓場。「別再瞎說了。我們還是趕快找到阿木慕慕（祖母）留下來的法器要緊。」

沿著紅磚道路前進，當我們一行人明明已經路過了海嵐口中的阿基（男子）長屋區，卻又回到了古書攤，然後是右前方又出現一長排的長屋。海嵐觀察了一陣子，然後下結論。「那些是擺擺（女子）的長屋。」

海棠有些畏懼。「以前沒有那些屋子的。」

「所以那些屋子是新蓋的？」我問。

「是牛墟被搬動了位置嗎？」阿浪問。

「明明我們從市場那邊進入時，光站在矮牆上，就可以一眼把牛墟望盡。可是怎麼我們一走進來，發現這個牛墟，好像已經跟以往的大不相同了。」海嵐回答。

阿浪突然驚慌失措了起來。「這裡是陷阱嗎？是森林裡的陷阱，是以往獵人用來捕獸的陷阱，在很深的軟爛泥巴洞穴之外，覆蓋上一堆被鋸斷的竹子，和一大堆看起來很溫暖柔軟實際上卻是腐敗不堪的脆弱樹葉。是魔怪幫在外邊盯著我們吧，這裡簡直就像是新聞說的，什麼鬼打牆。我覺得我好像被丟入了甕裡，成為，成為什麼甕啊？」

「是甕中捉鱉。」海棠回答。

「對，我是鱉了。魔怪幫把我們當鹿一般抓起來了。」阿浪說道。

阿木搖晃起阿浪的身軀。「你鎮定一點。我們可以想辦法，我們可以問人，我們可以做記號。總而言之，我們一定能找到出口的。」

突然，有一個賣舊書的老爺爺起身，朝著我們走過來，他長著長長的鼻子，還有宛如深海章魚被漁夫撈起來而爆凸出來的雙眼。

阿浪一看，大叫：「是大野狼，我們這下變成小紅帽了。」

阿浪喊完，拔腿就跑。

阿木趕緊跟上他的腳步。

海棠也莫名跟著阿木跑了起來。

只剩下我和海嵐，我們兩個慢慢移動腳步，從桂花樹旁移開之後，只見那老爺爺從身後拿出了一瓶礦泉水，嘩啦啦就往種滿桂花樹的土壤裡澆去。

我趕緊對著前面大喊：「阿木等等我們。那個老爺爺不是壞人，他只是在澆花。」

舊書攤的老爺爺自顧自的，又走回了自己的攤位，他一邊翻看著脆弱泛黃的骨董毛筆書，一邊不時還逗弄起，舊書攤不遠處的黃槿樹上，有一隻畫眉怯生生地在樹上發出細小的鳴叫聲。

看了那情景，我拉拉海嵐的衣角，輕聲說道：「我們用樹來辨認方位吧。」

海嵐點點頭。

幾分鐘後，阿木便抓著阿浪的衣領，和海棠走過來跟我們會合了。

海嵐向大家解說：「你們看到那邊的黃槿樹了嗎？」

我趕緊搶在大家點頭之前，開始點頭點得像麻糬攤位上的兔子搗麻糬玩具。

海嵐繼續說：「黃槿樹的樹葉又稱粿葉，粿葉會正向東方，有向陽特性，而且黃槿樹會朝著向陽的位置長成一片繁葉枝密狀，遠遠看去，就像是海龜盤據在沙灘上的模樣，又有點和蛇窩裡的小蛇相互蜷曲在一塊的模樣相似。而在這裡，我們可以斷定，那黃槿樹盤成一團所指的方向，應該就是東方。」

海棠說：「學校的校門口面向北方。」

阿浪說：「市場的入口在西方。」

阿木說：「所以牛墟的入口在北方。」

我說：「那我們一開始進入牛墟之後，是由西向東走囉。」

海嵐說：「那麼繞到半圈的時候，就是由東向西走。」

海棠說：「牛墟是幾乎半圓形的，開口在市集右側的中央位置，也就是說，如果我們走到三分之一的地方時，又會變成由西向東走。然後，我們會回到市場的街道上。」

阿浪搖起了頭。「可是牛墟好像已經變形了。」

海嵐嘆了口氣。「事情果然很不簡單。」

海棠倒是大力地拍了阿浪的肩膀一下，說道：「喂，獵人英雄，你不是要趕走魔怪幫嗎？你不是要完成什麼光榮的作業嗎？怎麼只是一個小小的牛墟，就把你難倒了！」

阿浪擺出兩隻手，作出無奈的表情。「沒辦法。誰叫我上課不好好學習，又不愛看課外書，看電視又左耳進右耳出。這下，我沒輒了。」

望著大家一籌莫展的模樣，我趕緊問海嵐說：「那如果按照方位，不一定要從市場的出入口出去呢？」

突然間，阿木望向了黃槿樹繁衍出去的東方，還喃喃說起：「阿母，那個好像是我阿母。」

阿木一說完，便趕緊追了上去。

08 市場會議

一轉眼，綿密的雨絲像是竹葉片片灑落，宛如探查敵情的小精靈般，隨著午後太陽開始打盹之後所呼出那越來越不暖燙的陽光，它們東張西望，溜進影子那船艦般的座艙，一點一滴滲透在牛墟人來人往之間。

我跟在阿木的後邊，跑得比阿浪還快。

阿浪跟在我後頭拼命喊道：「別跑那麼快，我什麼都沒看到啊。喂，等等我。」

阿木直往前衝去，就像棒球比賽，看見本壘就在眼前般。

我也跟著越跑越快，猶如很久以前的傳奇動物，雲豹。

彷彿真拖著一條長長的尾巴，往地面上一勾，平衡起全身的重量，速度越加越猛，尾巴是一枝舵，身軀偽裝成流線船型般，往左一偏，往右一拐，尾巴準確控制起方向，好讓身軀專心划動在空氣之中。四條腿也化身強力馬達，頓時把水上小舟改造成快速遊艇。雲豹穿越起樹林，動作快得像是一朵烏雲，灰灰黑黑飄了起來。

看，那裡真有一朵雲。

獵人們會彼此這麼說。

哪裡什麼都沒有。

不專心的獵人總是無法看見森林裡的奇蹟。

那黑黑白白穿梭在山林裡的影子，或跳或爬或跑或靜臥在隱密的樹叢裡。樹葉的影子遮住了雲豹，白熾的陽光遮住了雲豹，斑斑點點的落葉遮住了雲豹，草木的扶疏遮住了雲豹。

那像風一樣奔過的動物，那像流水穿越在森林裡的動物，那像老虎般的色澤，猶如日落前，太陽把地球眷顧成一片黃金大地的模樣，抖一抖那神奇花紋披在那腹部略顯乳白色的上頭，就是牠，那顯現背部色彩異於其他地方的臺灣雲豹。

我真像是一隻臺灣雲豹般，輕輕鬆鬆飛撲到阿木面前，沒多久就抓住了他，像是雲豹叼住了獵物。

我大聲對阿木說道：「你醒醒。」

阿木仍失神指著前方。「我看見我阿母了。」

「那不是你阿母。」我回答。

阿木愕然後，說道：「怎麼可能，我明明就看見她了。她穿著一身粉橘色碎花長洋裝，手上還提著一袋東西，我看見她往這邊過來的。」

「這裡是東邊的方向。」我回答。

「那又怎樣。我看見我阿母了。」阿木說。

「我認為，我們現在應該往西走，才能走出這長屋狀的牛墟。」我答道。

阿浪、海嵐和海棠終於趕上了我和阿木，他們各個氣喘吁吁。

阿浪還將手搭上我的肩膀，邊喘氣邊問道：「你們跑什麼啊？」

「我看見我阿母了。」阿木答。

「我什麼都沒有看到，只看到大家都往這邊走來。」阿浪說。

阿木聽完阿浪的話，才轉身觀察起四周。「真奇怪，大家都往這裡走，看那些賣蛇湯的，賣甲魚藥膳的，還有賣盆栽的，賣水晶的，還有茉草葫蘆的，怎麼全都擠在這一帶？」

海嵐說：「這個牛墟現在宛如像是新開幕的市場，沒有規劃好。前面有人在賣衣服，後面也有人在賣T恤，中間還有人在賣童裝，到處都可以擺衣服蔬果生食熟食攤那樣。」

海棠露出難得專注的眼神。「真的被重新規劃過了。可是，這是什麼時候的事？」

海嵐說：「會不會是期末考那時候？都怪我們，顧著學校裡的考試，都沒有好好關心我們這社區的改變。」

阿浪支支吾吾了起來，幾秒鐘後，他吞了吞口水，才認真說起話來。「這個，這，我倒是知道，村長說，這裡要多一個觀光市集。」

阿木定睛一瞧。「原來如此。這些擺攤的人，難怪我一個都不認識。」

「他們都是外地來的攤販？」我說。

「這牛墟本來就會有外地來的攤販。」海嵐說。

「是多了更多的外地攤販，還有許多奇怪的塑膠玩具攤、遙控飛機汽車攤、賣藥攤、電視購物攤、冷凍食品攤等等。」海棠說。

「得往西邊走。」我作出了結論。

「為什麼一定要往西邊走？」阿浪問。

「因為要離開這新的市場，進入真正的舊市場。」我答道。

「等等，那你們往這東邊跑做什麼？你們折騰人啊。害我跑來跑去，像是在逃難般。」阿浪說。

母。」

我趕緊解釋。「是因為阿木看見幻覺，我趕緊跑來阻止他繼續前進。」

阿木眨巴困惑的眼睛。「幻覺？你有什麼證據？我可是真的看見我阿

我問：「你阿母今天早上穿什麼衣服出門？」

「我今天沒有看到她。」阿木答。

「請問你阿母有粉橘色長洋裝嗎？」我問。

「沒有。起碼，我沒看過她穿過。」阿木答。

「啊哈，這就是證據。」我說：「你想清楚了吧。這年頭，誰還會穿長洋裝。更何況這村子裡，不是上山種植就是下海捕魚，男男女女都穿著褲子，平常根本沒有特殊事件，除了村子有人辦喜宴之外，幾乎是不可能有人會穿裙子出門。」

那丟失的判斷能力瞬間回到了阿木的心裡。「這麼說，我是遇到魔怪幫？」

我搖搖頭。「很可能只是天氣太熱。」

「熱？現在不是冬天嗎？」雨絲像雪片緩緩飄落在阿木身邊，阿木伸手去感覺。「不是冰冰涼涼的。」

「是浪花打上岸，被風吹成了雨。」海嵐說。

疑惑瞬間倒滿阿木的腦海。「這是怎麼回事？」

「人變多了。」海棠說。

「這裡以前是芒草叢。」海嵐說。

「跨過了芒草叢，不就會進入魔怪幫以前聚集的那個小池塘。」阿木說。

「沒有小池塘了，幾天前，小池塘被土填平了。」阿浪說。

「這究竟是怎麼回事？我只離開這村子一個學期，再回來，我慕慕（祖母）不在了，牛墟被改變了，才幾個月的時間就已經人事已非。」阿木說。

「是人面桃花。」阿浪搶著用成語解釋目前情況。

「是昨是今非。」我也跟著說起了成語。

海嵐又一次打斷我們的胡鬧。「別說了，往東邊會進入小池塘區的。」

「所以我才會說不能靠近。」我說。

海棠以懷疑的目光瞟了我一眼。「奇怪，你不是對這牛墟不熟嗎？」

我一時忘記，便脫口而出。「再過去，就是我家。」

「你家？」海棠以驚恐不安的眼神望著我。「小池塘？你是魔怪幫的臥底？」

我急忙搖頭搖得像打雷閃電般。「不是的，不是。我真的不是魔怪幫。我頂多是一個住在回家路途必須經過魔怪幫巢穴的小笨油。」

「它們沒有對你怎麼樣？」海棠好奇的目光像蝴蝶一般，直是在我身上啪答啪答揮動起翅膀。「它們沒有騙你去偷金紙？它們沒有慫恿你去偷雞？它們沒有叫你加入它們？它們沒有把你嚇得跌進爛泥巴裡？或是，抓你進去它們的家裡坐一坐？它們沒有命令你去抓一些蜈蚣毒蛇？它們沒有把你困在山洞？它們沒有假裝是樹精逼你交出身上最值錢的東西？它們沒有裝嬰兒哭泣聲？它們沒有派野貓去突襲你？它們沒有把路變不見……它們到底是怎麼放過你的？」

我的眼睛像貓在高牆上，小心翼翼地盯著海棠，也觀察起其他夥伴的表情。「我只是有我霧霧（祖母）的護身符。」

「那是什麼？是否能夠幫助我們逃離魔怪幫的糾纏？」阿浪問。

「我只有一個。」我回答。

「拿出來呀。好東西不是要跟好朋友分享。」阿浪慫恿著我。

我搖搖頭，動作輕得就像是貓爪走過細緻的木頭地板，以防止引起阿浪的不悅。「一個護身符只能保護一個人。」

「什麼，還真是小氣耶。」阿浪雙手交叉在胸前，一臉不屑。「不能拿出來嗎？我們人多勢眾，或許可以加強護身符的功效。」

我望著阿浪的步步逼近，仍舊不敢鬆懈，謹慎回答：「那是與生俱來的。」我思索著更好的理由。「是……」我靈機一動。「就像是胎記，是胎記，那是我霧霧（祖母）向床母作記號，讓我能免於一些精靈鬼怪的騷擾。」

阿浪半信半疑地問：「為什麼？」

「因為我膽小。」我回答。

海嵐大聲喊道：「算了，我們還是趕快離開這小池塘的邊緣比較妥當。這裡怪讓人不舒服的。」因此，適時地阻止了原本站在我身旁伺機想要反撲我的海棠。

原本，海棠露出像是匍伏在草叢裡的雲豹，那雙眼炯炯眼神，卻因為大型野狗的突然出現，而不得不放棄一般，夾著尾巴，趕緊轉身。「那我們回西邊去吧。那裡才是通往舊牛墟的道路，還是先找到阿木的阿母再說。」

浪花化成的雨打在我們身上，像是不發一語的海浪，它們生著氣，它們拗著性子，它們什麼都不想說，直是想逃跑，遠離生長的海邊，偷偷跑入陸地，然後絲絲點點滴落，滲入土壤，潛進地下水，沿著伏流，浪點變身的雨會再返回海洋，就像鬧脾氣的小孩，假裝要離家出走，才離家沒幾步遠，就想著要如何偷偷潛回家。

有木屐的喀噠喀噠聲響，眼前出現了木屐攤，那老闆踩在原本是大排水溝的水泥蓋上，還是木頭作成的橋上……我揉揉雙眼，趕緊指著前方的木屐攤，對朋友們說道：「你們看，那木屐攤是不是怪怪的？」

海棠停下腳步。「你是又有什麼問題？」

海嵐跟隨著我手指的方向一看，不禁嘆了口氣，唉的一聲。「我們是多久沒有來逛這個牛墟了。」

「自從上了國中，我連市場也很少來。可能是因為我巴伊（祖母）回到祖靈的懷抱之後，我再也不需要幫她到市場擺攤的緣故吧。」阿浪說。

「怎麼連大排都不見了。」阿木說。

「那山上的灌溉設施怎麼辦？大雨來了，要排到哪裡去？」海嵐問。

「就像阿美族的水道工程很優秀，總是讓山林水土保持和自然融成一體。可是這幾年因為森林要建馬路，溪邊要蓋什麼護魚步道，結果水泥一灌，柏油一埋，魚非旦游不了家，而護漁步道上的水柵，還讓溪魚、溪蝦、溪蟹悲慘地失去寶貴的生命。」阿木感嘆。

「山上那邊也要建新房子。」阿浪脫口而出。

海棠像是抓住了阿浪的小辮子般。「你果然知道些什麼。」

阿浪低頭沉默。

海嵐深吸一口氣。「大人們是不是在我們專注於課業的時候，偷偷作出什麼重大的決定？」

「前陣子，市場這邊好像有一場會議。」阿木說。「我聽我拉們（父親）說過。」

「什麼會議？」我問。

阿浪緩緩吐出了幾個字。「是為了讓社區更好。」

「更好？」我疑惑地望著阿浪。「都沒有排水溝了，等夏天的狂風暴雨來臨，不會淹水嗎？」

阿浪說：「有人勘查過，他們認為河道已經縮減，水量在逐年流失，河流也有改道，因此牛墟這邊，已經不需要保留排水溝。」

「怎麼可能？」海嵐很驚訝。「幾年前颱風來臨時，這裡的排水溝全都倒灌在馬路上，還把市場差點全淹掉。」

「他們說，因為風災把地貌改變了，所以，現在這裡很安全。」阿浪吞吞吐吐。

海棠大笑了幾聲。「總而言之，這村子果真要改變了。有新的東西要進入，還真是令人期待。」

「期待什麼？」我問。

「舊的不去，新的不來啊。」海棠說。

「我只希望一切都不要改變。那四歲游泳過的小溪，那五歲烤過地瓜的沙地，那玩過扮家家酒的草埔，那遠足過的森林，那撿過海帶和螃蟹的海邊，和那些捉過迷藏的古老長屋，那洗過澡的日治時期公共澡堂，那慕慕（祖母）躲過炸彈的防空洞，那經常拜拜的小祠小廟，那些每天會經過的媽祖廟、武廟、上帝廟等等。我還希望，等我長大以後當了老師，能夠跟我的學生介紹，這村子裡的第一口古井，這社區裡以前鐵器時代和農業時代所留下來的古物，還有石器時代的遺址，以及所有原始風景。我和學生們，我們可以看看那些百年古蹟，素描那些千年奇石，一起享受這塊萬年歲月所造就的美麗土地。」海嵐直望起了黃槿樹，像是在許願般。

「別傻了。」海棠打斷了海嵐的許願。「就是要改變，才能符合潮流，我們這個村這個社區才不會跟不上時代，最終被淘汰。」

阿木不以為然。「這世界上，還有許多原始部落被劃歸為保育地帶，禁止現代人隨便進入。」

「那是極少數的幸運兒。」海棠說道：「更何況，我們這個村子一直都跟著時代在變化啊。無論是哪一種外族人進入，他們留下來的信仰、生活習慣和精神物質，所有一切早就侵蝕了我們。我們甚至不再記得祖先最早認定的聖樹，是黃槿樹還是莿桐樹。」

阿浪的心突然起了變化，像是終於作下了很重要的決定。「我終於想明白了。你們說得的確都有道理。但在改變之前，我想，我們還有更重要的事情需要去做。」

「你想當英雄？還是為了寒假作業？」海棠問。

「絕對不是。」阿浪的態度很堅決。「我們是村裡的一份子，無論如何，我們得保護村子，讓這村子永遠生存下去。」

「那魔怪幫的詛咒和威脅要怎麼辦？想要瞭解村子這幾個月來究竟發生了什麼變化，倒不如先救救我們自己。」海棠說。

「如果沒有了村子，我們也無法生活下去。」阿浪答。

「或許，魔怪幫的出現，也跟村子裡的變化有關。」海嵐說。

「太好了，所有事情或許都有關聯。我們就從這社區改變的始末先探查起。搞不好，還能因此找到魔怪幫那群傢伙找我們麻煩的真正原因喔。」阿浪說。

09 突襲

不速之客，老虎少年和熊少年突然又出現在我們眼前。

他們來了，來了，拖著沉重的武器，揹著豐碩的獵物……他們來了，腳步聲喀喀，像是剛從曠野走入人群，全然無視於牛墟的熱鬧人潮。而所有人也都在行走時，保持警覺，刻意閃開。

猶若很久以前，路人遇見了拖著禮物去拜訪別社的戰士。

（生人迴避，生人迴避。）

小心，不要破壞了社與社之間往來的禮儀。

那些愛亂跑，長著小兔崽般模樣的稚嫩孩童。快快快，讓開，快快快，跟隨母親的裙襬，躲入家中，不要撞壞了戰士們的榮耀。

不要靠近。好奇的孩子們，那些是禮物，那些是誠意，那些是神聖的物品，千萬不要用塞滿泥巴縫隙的指尖去破壞朋友間的信義。

快快離開，不要耽誤了戰士們往返的好時機。

難道，老虎少年和熊少年是挾怨報復而來，還帶著掃把和畚箕一同助陣？

我揉揉眼睛，的確沒有看錯。

他們拿著掃把，像是獵人揹起了弓箭，還提著一袋東西，宛若乾糧、粟米、鹿皮、蔗糖……是要往家的方向前進，還是要往海邊的交易所前進。他們的眼神像是看見粟米在秋天成熟的模樣，那優渥的纍纍果實正低著頭等待耕作之人的收割——我伸直脖子，直往前瞧去。剎那間，我感覺自己就像是束手就擒的獵物，是被箭射中了腿，是被網子困住，他們那銳利的目光已經設定了我，我被瞄準了，我不敢動，我放棄，像是把脖子一伸，等待獵人的獵刀揮下。之後，他們會心滿意足，緩緩走在象徵週而復始的日落時分，他們還一邊分享獵物的生肉，一邊開心直唱起豐收的歌。

只見，老虎少年和熊少年真的往我們方向走來。

阿木趕緊衝上前去，作防衛姿勢。

阿浪乜斜眼睛打量著老虎少年和熊少年。「喂，你們兩個，該不會是來打掃的吧。」

老虎少年看了熊少年一眼，然後大笑。「打掃？我們為什麼要打掃！」說完後，兩個人又像是打雷般轟轟笑了幾聲。

「因為寒假作業啊。別先急著否認喔。反正，我是不會抄襲你們的，你們就放一百二十萬個心吧。喂，你們該不會是想到，用幫村子維持環境整潔的這種方法來求勝吧。」

「才不是欸，我們是來賺錢的。」老虎少年說。

熊少年發出恐怖的低吼聲。「不是叫你不要說。」

「什麼？賺錢？你們要怎麼賺錢？」阿浪問。

熊少年揮揮手中的掃把，說道：「反正不關你的事，你們別擋路。」

海嵐說道：「前方是小池塘喔。」

熊少年吼道：「已經沒有池塘了。」

海棠壓低聲音，故弄玄虛地說：「你們確定？就算把水抽乾了，裡邊的水鬼可是還在的喔。」

「妳不要在大白天裡危言聳聽。」老虎少年反擊。

「大白天？已經過了中午囉。小心，那些被有錢員外扔進池塘裡的婢女會來找你們。」海棠說完，還鬼叫幾聲，嗚——嗚——嗚。

老虎少年嚇得直躲到熊少年背後。「我看，我們還是不要去了。」

熊少年舉起熊掌，把老虎少年從他背後抓了出來。「不行，那麼好的賺錢機會，不去白不去，而且賺到了錢，我們才能在這村子開漢堡店，讓村子裡的孩子都有漢堡可以吃，有可樂可以喝。」

「那就是你們的寒假作業計畫？」阿木問。

熊少年理直氣壯回答：「是又怎麼樣。我們兩個就是要在寒假拼命賺錢，我們還要跟老師同學們分享我們的賺錢計畫，順便募款夢想基金，還可以預先宣傳，我實在是太聰明啦！等到開漢堡店的那一天，呵呵呵……羨慕吧，就從現在起，我們兩個要為漢堡店努力，沒空理你們這些醉什麼夢什麼的死孩子。」

「是醉生夢死。」阿浪說。

「對，你們就是沒有目標，只會害怕未來的笨蛋。」熊少年說。

「這想法很好啊。」海棠看看天空又望望眼前的熊少年。「只可惜。」

「可惜什麼？」熊少年問。

「你的數學好嗎？」海棠問。

熊少年搖搖頭，然後又猛然點起頭來。

「180＋360是多少？」

熊少年數起自己的手指頭，還叫老虎少年的手借他數數看。

「哇，怎麼辦，不夠用耶。」阿浪說：「別擔心，你們應該會用收銀機才對，就像計算機那麼簡單。」

熊少年和老虎少年咧嘴一笑，很贊同地直點頭。

「不過，你們會煎漢堡嗎？」阿浪問。

熊少年瞪老虎少年，老虎少年趕緊逞強說道：「會，我，我當然會。」

熊少年用手夾住老虎少年的頭，一副很親密戰友的模樣，回答：「我們會去學煮菜。這點，就不用你們操心了。」

「別擔心。」阿浪又說：「我幫你們想過了，不如就用機械自動化，讓爐子自己烤肉煎肉，讓機械手臂擺餐盤，擠醬料，裝可樂，還有切生菜，洗碗，洗菜等等，還要有自動打掃機械人，你們看如何。」

「嘿，你這個主意很好耶。」熊少年眼睛為之一亮。「這樣一來，我們就可以不用請人，把錢都省下來，就我們兩個人賺，兩個人花。」

「就這麼決定了，你們就開一家無人經營的漢堡店吧。」阿浪說。「到時候，你們只要收錢，對一下帳目，進貨，然後就可以出去玩了。你們說，這樣的生活是不是很棒。」

老虎少年點點頭。「這樣想來，還真的很輕鬆耶。」

「輕鬆？事情又回到了源頭，你們的數學不好，要如何對帳目，要如何管理貨源？你們真的知道什麼時候要補多少的貨嗎？算了，如果一切都交給電腦管理，那請問你們知道要花多少錢，要進多少設備，要怎麼設計漢堡店嗎？萬一，你們什麼都不會，結果被騙了，怎麼辦？我看，你們還是把錢省下來，去做你們真正會做的事情吧。」海棠說。

「我就是想吃漢堡，我們就是要漢堡店。」熊少年說。

「其實，漢堡吃久了，也會覺得煩。就像我們天天吃飯那樣，也會覺得飯很無聊。」阿木說。

「你這個都市人，不要在那裡炫耀。」熊少年說。

阿木繃著臉。「我不是都市人。還有，我是實話實說，我不是在炫耀。」

「停。」海嵐說道：「中場休息。你們不要再講了。反正，海棠的意思是要你們先學好數學和各種基本知識，以後才不會被騙。」

熊少年敷衍地說：「我們當然也會邊學課業上的知識，邊學開漢堡店。只不過，我們現在要先賺錢。請你們不要擋我們的財路。」

「應該快有漢堡店了。」海棠嘀咕著：「你們沒聽說嗎？這裡要蓋許多新房子囉，我想到時候，外邊的人就會帶漢堡店進來了。」

「新房子？」熊少年和老虎少年交頭接耳討論一下子。熊少年問道：「妳怎麼知道？」

「我聽我舞蹈老師說的。」海棠答。

「什麼時候？」熊少年問。

「大概最近就要動工了。」海棠回答。

「不行，誰都不能偷走我的夢想。」熊少年大吼。「尤其是外族人，不行，第一家漢堡店應該是我們自己人開的才對。」

海棠微微搖起頭來。「這事，可不是你說的算。就拿挖土機的生意來說。雖然阿浪家也希望所有的挖土工作都交給他們家來做，但畢竟，外面的人有自己的想法，他們有配合的團隊，所以僅僅發包了一小部分的拆除工程給阿浪的父親。」

阿浪一聽，頭低得像是瞬間憔悴枯萎的小草。

阿木很是驚訝。「阿浪，你是知情的。」

「不，我和我們家，我們真的不知道詳情。都是因為我爸近年來常常好幾個月都接不到工作……」阿浪急忙解釋。「所以——誠如海棠說的，我爸只負責部份拆除工程。其他的，我爸還在極力爭取，但這都是為了要多賺一點錢，讓我的三個妹妹有奶粉可以喝。」

「一切都和市場會議有關，對吧。」阿木說。

阿浪沉重的神情就像是雙頰都被掛上大石塊般。「牽扯的更廣。」

「這麼說，那海邊的道路工程也是和這些有關囉。」海嵐頃刻間豁然開朗起來。「不僅是新房子，還有觀光市集，就連海邊的防風木麻黃被連根拔起的原因——是要做道路、新設施……會不會有觀光飯店，岩岸和溼地景觀也被丟入奇怪的水泥塊，像是要做路基……該不會是觀光步道？那山上呢？池塘的水被抽乾，河流被整治改道，以及森林外緣那些原本開放出租給我們鄰居種植的農地，現在也被收回去了……村長他們，他們究竟要做什麼？」

阿木聽完，驚出一身冷汗。「不行，無論如何，我們得往東邊去看看。就算會遇見魔怪幫也不能害怕。走，我們去看看，去關心那神祕的小池塘究竟變成什麼模樣。去搜索那些原始的樹林有沒有遭受意外。去瞧瞧我慕慕（祖母）以前說過的聖域都被外來人破壞成什麼樣。」

「你們也要跟我們一起去撿石頭嗎？」老虎少年問。

「算了，就讓你們一起來吧。只要幫他們把土地整理好，聽說會有不錯的時薪喔。不過，也是要看個人表現。聽說一個小時，就會有五十到一百塊之間的收入喔。」熊少年說。

「撿石頭？我還不如去等那頭牛。」我嘀咕了起來。

「什麼牛？」熊少年問。

「就是牛。反正你們等到了牛，也沒有用。」我說。

「別說牛了。我們還是往東去看看吧。」海棠說。

「我不要，那裡是魔怪幫的據點。」我打了個冷顫。「或許，還是它們口中真正的鯨魚骨市場。」我說。

「市場？搞不好魔怪幫是在跟我們求救也說不定。」海棠想完後說道：「拜託，別囉唆了，你家不是在那邊嗎？你可以順便招待我們去你家玩啊。還是，該不會你家已經被拆掉了吧？」

我搖頭。「反正，我現在不能回家，我得等到牛才行。」

「牛？」老虎少年說：「啊，我知道了，不就是村長堂哥家的老牛。咦？你不會是想等著吃牛肉吧？聽說，那老牛最近得了病，已經奄奄一息。」

頓時，阿木眨巴起落寞的雙眼。「想不到，我只是去城裡上了一學期的課，村子裡就連最後一頭牛也即將消失。」

「牛要消失了？」老虎少年也跟著莫名恐慌了起來。

熊少年也若有所思。「那我們的漢堡店要怎麼辦？不能提供牛肉了。」

海棠睨了一眼熊少年。「村長堂哥家的老牛是耕作用的，不是肉牛啦。」

熊少年依舊很擔心，咕噥著：「如果牛會消失，那人會不會也消失？這下怎麼辦，我的漢堡店要開給誰吃？」

「大家都別惆悵了。還是先解決眼前的問題吧。」阿浪說：「以前都是魔怪幫突襲小孩，現在也該是我們這群小孩突襲的時候到了。走吧，事不宜遲，趁天還亮著，無論會看見什麼，會發生什麼事情，總之別多想了，想也沒用，我們出發吧。」

「我不去。」我說。

「我們不是要去你家，只是去東邊看看。」阿浪說。

我這才鬆了口氣。「也不會打擾到魔怪幫？」

阿浪瞇起眼睛一笑。「最好什麼都不要遇到。」

10 命運的獵人

像是林中空地上，被升起一堆篝火。到處是灰灰白白的煙塵，隱隱約約從裊裊白煙看見梅花鹿的形體、山羌的形狀、高大如熊的西拉雅獵人模樣、黑熊躲在樹後只露出頭的樣子、山貓躲在樹上的身影和水鹿跑過的影子……霎時，有許多猶如穿著和服的女生形狀飄了過去，還有伐樹工人走在泥地裡的舉步維艱樣，連樹的形狀都出現了，轉眼，灰灰白白完全沒有水氣和溫度的煙，又幻化為山的形狀，水流的景象，從我們身邊一波一波飄過。

阿浪一連咳了好幾聲。

「小心，那是很厚重的沙塵。」阿木趕緊叫大家用衣袖摀住口鼻。

「是沙塵暴嗎？」熊少年問。

海棠邊遮著口鼻邊回答：「是霾害吧。」

海嵐仔細地觀察起森林的情況。

看那些半枯的草本植物躺在地上的模樣，活像是無數骷髏鑽出被風化的地表，無奈讓塵土鏽蝕過的身軀曝露在空氣中，引起化學反應加速的窘況。草因此變得脆弱。

海嵐望了我一眼。「這是多久以前發生的？」

我搖頭，暗忖著：我自己也不知道。明明下山去等牛的時候，森林裡的苔蘚還像是雨後春筍，全都生氣蓬勃的，還開心得跟著風唱歌。怎麼才沒幾天，苔蘚植物們全都陣亡，還消失在山壁上，只剩下宛如被敵人用刀一陣亂砍後的殘破景象……那些野草猶如戰敗的士兵，躺臥在壕溝中，正絕望等著完全乾枯的時刻到來。

阿木開口說道：「你們看。這些草好像是被大型工程車壓輾過去的模樣，這裡還有輪胎的痕跡。」

眾人往地面上看去，還真的發現一兩處輪胎痕。

「果真是和施工有關。」海嵐說。

「施什麼工？到底村長他們想做什麼？」阿木問。

阿浪搖搖頭。「我們只有往前走，才能找到答案。」

熊少年和老虎少年倒是猶豫了起來，他們兩個停滯在草埔上，眼睛直望著阿木。

不管阿浪推他們，還是拉他們，他們都不肯再往前走。

大約躊躇了幾分鐘，老虎少年才代表發言。「是詛咒。是外族人帶進來的詛咒，跟幾百年前的惡病一樣，就像阿浪他們所說的布托（當地的閩南人），還有紅毛人，他們來的時候，身上都帶著詛咒，才會讓我們喪失心智，為了請求他們的醫生給我們醫病，為了他們提供的刀具，為了他們口中所說的黃金，為了他們的任何無理要求，我們竟然開始跟妖魔鬼怪交易，也許那些外族人本來就是外來的妖魔鬼怪，他們逼我們成為阿浪他們那族口中，只會庫肉（做壞事）的壞人。可追根究底，為什麼那些邪靈會入侵，根據我阿祖的說法，全都是因為阿木家的人一再犯規。」

「阿木家的人犯規？」我疑惑了。

熊少年則對我解釋。「你可別不相信。都是因為阿木家的祖母們不肯遵守族裡的規定，在三十歲以前不能生孩子，阿木的祖母曾祖母曾曾祖母們總是堅持把不成熟的胎兒生下來。那些帶著病菌的嬰兒，那些帶著詛咒的孩子，他們一個一個開始散播疾病在村子裡，才會讓紅毛人和其他外族人有機可乘。」

阿木大吼：「你不要亂講。」

老虎少年反駁。「我有證據，你依拉（母親）就是因為還沒滿三十歲就生下你，才會一直生病，最後還死翹翹。」

阿木衝了上去，一把抓起老虎少年的衣領。「你再胡說看看。」

老虎少年則是擺出挑釁的臉孔，還對阿浪說：「你不是有手機，你趕快錄起來啊。看現在是誰要先打誰。」

阿浪趕緊叫阿木不要衝動。

海嵐也拍拍阿木的肩膀說道：「這跟你們家無關，也跟遺傳疾病沒有關聯。全都是因為過去幾百年前的航海時代造成了這塊土地破碎的命運。」

阿木仍緊抓老虎少年。「你聽到了沒？跟我們家無關，你趕快道歉。」

「道歉就道歉，兇什麼兇。」老虎少年心不甘情不願向阿木道歉。

阿木這才鬆手。

熊少年還是很不滿意海嵐的說法，他問：「那現在又不是航海時代。妳倒是說說看，要不然現在又是什麼情形？」

海嵐解釋。「是都市化影響。是人口過多。老師上課不是都有說嘛。」

熊少年頓時羞得臉都紅了。

「你不用解釋。看也知道，你一定上課都在打瞌睡。」海棠說。

「我不會再打瞌睡了。」熊少年挺起胸膛，手微微放在胸前，像是在發誓般。「為了我的漢堡店，我一定要努力學習，我要奮發向上，我要做出外族人也讚賞的真正好吃漢堡，把外族人的速食店都打敗。」

「那就趕快走吧，我們再浪費時間下去，恐怕前方等待我們的，就會是被魔怪幫惡整的命運。」海棠說。

飛沙走石包圍起森林四周，看這情況，早就把天上飛的，那些夜鷺、貓頭鷹、黃嘴角鴞、竹雞、白頭翁、臺灣畫眉、五色鳥、臺灣紫嘯鶇、鉛色水鶇給嚇得全逃之夭夭。還有那些地上爬的，蜥蜴、蠑螈、蛇類、黃鼠狼、黃喉貂、白面鼯鼠、條紋松鼠、臺灣獼猴、臺灣長鬃山羊、臺灣水鹿、臺灣黑熊等等都驚得無影無蹤。以及那些水裡游的，高身鯝魚、臺灣溪哥、苦花魚、花鰍等等都因為河流整治和池塘掩埋全都不知道被運到哪裡去了。

熊少年放聲尖叫。「啊，池塘真的抽到一滴水都不剩！」

阿浪問：「你來過魔怪幫的池塘？」

熊少年點頭。「不就是池塘嘛。我以前常來這裡抓魚，然後賣給牛墟的野味攤，賺零用錢。」

阿浪很驚愕。「你來的時候都沒有遇過魔怪幫？」

「什麼魔怪幫？」熊少年說：「魔神仔嗎？他們不就是小矮黑人，有什麼好怕的。我一跑，他們那些小短腿，怎麼會追得上我。」

我的喉嚨一緊，像樹根紮入我的心底。「矮黑人不是魔神仔。而且矮黑人會巫術，他們不用跑，只需要把你困在原地，讓你跑不回家，就夠你受的了。」

「那這樣聽起來，矮黑人不就是森林裡的諸葛亮，會畫八陣圖，會蓋八卦村。」熊少年說。

「都被外來的人破壞掉了。」我說。

海嵐朝我眨眨眼，像是突然明白了什麼。「所以森林裡的魔法都被外來的挖土機、小山貓、砂石車、其他工程車給破壞掉了。難怪魔怪幫要我們回去最古老的鯨魚骨市場。」

阿浪指著前方說：「那裡應該就是最早期的鯨魚骨市場，是連紅毛人都不知道的祕密市場，只有戰士和長老才能靠近的市場。」

我們一行人戰戰兢兢，懷著戒慎恐懼的態度，一步一步走向被竹林所包圍的神祕屋子。

「只剩下半倒的圍牆，還露出圍牆結構裡的土角和竹片。」阿浪訝異地說。

「要不然，你還期望看到什麼？完整的古早神祕交易所嗎？」海棠說。

「連屋頂都沒有。那魔怪幫要我們來這裡做什麼？」阿浪問。

阿木倒是嗅起了空氣中的訊息。「你們有注意到嗎？這裡沒有沙塵而且很寂靜，不像剛才那些地方，感覺連腳底下的土地都在動，就像是螞蟻搬家了，蚯蚓也逃跑了，連地底下所有昆蟲的幼蟲都被迫連夜撤退。」

「你們聽，有風，是從海上吹來的風。」海棠說。

頃刻間，所有人都屏息以待，深怕驚擾到那些會跟著海浪吹起來的氣流，而因此上岸的魔怪幫。

冰涼涼的觸感。

少了悶熱的溫度。

可能是距離海有些遠了，那氣流聞起來的味道，並沒有很重的海味，倒是多了些許的竹香，就像是被竹炭給過濾掉鹽的結晶和水的分子，單純就像是一陣風呼呼吹起。

倏忽間，耳邊傳來許多部落流傳的民間歌謠，嗚嗚嗚，嗡嗡嗡……有鼻笛的聲音，有葉笛的聲音，有鼓的聲音，有杵音，有人聲，有鈴鐺的聲響……嘩啦啦古早的曲調開始如瀑布般傾洩而下。

「是有關矮黑人的兒歌。」阿浪說。

「好像是矮黑人的傳奇詩歌。」阿木說。

「是矮黑人的故事，這個我知道。」熊少年說。

海嵐卻搖頭。「那是魔神仔在唱歌。」

「魔神仔吐出了蚱蜢的腿，還從口中掉出了牛大便……」海棠試著解釋歌詞。「有許多族的語言，還融合了各社的方言。看來有許多魔神仔正在以矮黑人的詩歌想要跟我們說起一些訊息。」

老虎少年渾身發抖。「妳確定，它們不是要迷惑我們，讓我們迷失在森林裡。」

阿木倒是緩緩移動起腳步，走向看起來隨時都有倒塌危機的土角厝，還伸手推開老舊木門。咕呱，映入我們眼簾的，竟然是一座由天然岩石所開鑿而出的地洞。

「這就是矮黑人的家？」熊少年問。

「是魔怪幫的家？」阿浪問。

「無論是矮黑人還是魔怪幫的，他們都有四處遷徙的特性，應該已經早就離開了。」海嵐回答。

「我姊說的對。如果他們還在這裡，那些工程車和外地人則絕對不可能長驅直入。」海棠補充說明。

「那這聲音呢？莫非有鬼？」老虎少年一臉畏懼。

阿木又仔細一聽。「啊，我知道了。是回聲石，就像是錄音設備。這肯定是好久以前的聲音，因為石頭結構才會被保存下來，一旦石頭結構遭到破壞，這些聲音就會消失。」

奇妙的歌聲從石洞裡傳遞而出。

像是鹿跑過原野和森林。

又像阿滿（船）航行在海上。

林投樹的沙沙聲。

椰子在樹上的叩叩聲。

浪花安慰起海邊的岩石。

和風如母親的手拂過山林。

在大自然環抱下，有獵人馳騁在密林間。

「好奇異的歌聲，好美妙的畫面，這裡以前很可能就像仙境。」阿浪說。

突然間，像是地震來襲，站在小屋門口的我們全感受到地面微微震動。

歌聲因此摻雜起噔噔噔的重擊聲和答答答的鑽地聲。

轟隆隆，歌聲越來越稀疏。

「我們趕快離開小屋。」阿木說。

又一陣轟然巨響傳來，像是房屋倒塌般。

然後，所有聲音瞬間全都消失。

沒有歌聲，沒有施工的聲音，小屋門後的地穴洞口應聲塌陷，然而小屋卻沒有倒下。

「看來，我們得再往前進了。」阿木說。

走過了到處都被大型車壓過，因此露出沙土碎石的破落林道，原本那裡有動物的足跡，有昆蟲鳴唱，有植物沿路保護獵人——我們本來可以扶著樹木上坡的，但現在卻只能靠路邊撿來的枯樹枝，一步步拄著。失去了草木的屏障，我不敢想像，如果有人跌倒，誰會在後頭扶住他。

我們一直循著獵人的路線，走在先人與自然和平共處的山野間，卻不再享受到穀物獸肉的豐收，不再感受到樹靈、石靈、路靈的庇祐。我們就像是最後一批獵人，沮喪地走在森林裡，一邊祝禱一邊祈求，只希望一切都能像從前一樣美好。

然而迎接我們的，卻是一輛輛載走石塊又載來鋼筋的大卡車。

阿木連忙阻止眾人前進。「看來，我們只能走到這裡。」

阿浪瞅著山頂。「都到這了，去那上邊看看，一切便能水落石出。」

「我知道有捷徑可以過去。」熊少年說。

於是，我們跟著熊少年，沿著水流聲往上游走去，穿越無數岩石……一陣乾爽的風吹來之後，我們終於到達山頂。

「這大自然還真是我們這村最有特色的東西了。」阿浪說。

突然，下面光禿禿的工地傳來說話聲。

「好像是相當堅硬的岩盤，這樣根本無法開發。」

「那怎麼辦？」

「只好先停工，再評估。」

海嵐瞬間欣喜得像蝴蝶般飛舞起笑容。「看來，我們的祝禱靈驗了。」

「是森林裡的精怪救了大家。」阿木說。

「停工？那是不是代表我們不能去撿石頭賺錢了。」老虎少年說。

「那我爸不就沒有工作可以做，這下怎麼辦？」阿浪問。

「目前看來，我們這村又再一次逃離外族入侵的詛咒了。」海棠說。

「啊，我們什麼都沒有賺到。」熊少年說。

阿木卻大笑。「怎麼會。我賺到很多喔。我有一大群的朋友，又重新認識起自己生長的村落，這些對我而言都是無價之寶。」

「朋友？我們是朋友。」老虎少年說完和熊少年對看，熊少年拍起阿木的肩膀。「喂，無論你在城裡還是這裡，我們都要作一輩子的好朋友喔。」

阿浪把手也搭上老虎少年的肩膀後，說道：「喂，還有我。」

哞，一陣牛的叫聲傳來。

我急忙不管三七二十一就直往山下跑，重新回到牛墟裡去。

一路往西邊走，我終於看見這村落裡的最後一頭牛。

牠的神情很憔悴疲倦，身子已經虛弱到再也站不起來了。

這是下手的好時機。

阿木他們卻在後頭拼命喊著：「等等我們啊，阿毛，阿毛……」

我回頭看看他們，然後又轉頭瞧著那病入膏肓的老牛，我遲疑了。「真的要吃掉這頭牛的靈魂？一整頭牛耶，我可以好幾十年都不用再出來覓食了吧。」我嘀咕著：「可是，幾十年後呢？阿木他們會消失嗎？他們會有子孫繼續住在這塊土地？外邊的人還會再一次入侵嗎？」我搖起頭來。「曾經，我在其他鄉鎮看過，有一塊原本雜草叢生的土地，沒有幾個月的工夫，就被人類蓋上一棟十幾層樓高的公寓，害我跟其他小動物們頓時失去了家園。」

「這已經是這村子最後一頭牛了。」我轉頭看看阿木他們，等到轉身面向老牛時，我用右手食指輕輕點了老牛一下，老牛便沉沉睡去。

蒴桐樹下，阿木他們站在牛棚前。

「阿毛呢？」阿木問。

阿浪卻突然指著牛棚裡的老牛說：「老牛站起來了，老牛站起來了。」

「是阿毛救了老牛？」海棠咕噥著。

老虎少年搔搔頭。「那個阿毛長得又黑又矮又多毛，還會法術……莫非，他就是傳說中的矮黑人。」

「連矮黑人都出現了。那魔怪幫呢？我看我們還是先回阿木家，或許阿木的慕慕（祖母）還有其他法寶。」海棠說。

阿浪他們也覺得海棠的話很有道理，便趕緊想從西邊方向離開牛墟。

阿木卻駐足不前，直環顧起牛墟，大喊：「阿毛，無論你是什麼，都謝謝你。我們很高興認識你。」

阿木他們離開市集後，就在靠近阿木家的小徑上，發現了阿木的繼母開著小貨車。

「把我慕慕（祖母）的東西還來。」阿木說。

阿木的繼母嚇了好大一跳，趕緊下車，她還一臉笑瞇瞇拿起一個環狀很像鑰匙圈的東西。「已經修好了喔。」

「就是那個東西。」阿木說。

阿浪他們一聽，立即往前一探究竟。

阿木質問他繼母說：「妳為什麼偷拿慕慕（祖母）的東西？」

阿木的繼母一笑。「我看這東西對我們家很有意義，可是有些破損，所以我就拿去給人家修補。還有其他東西，我都暫時搬去後院小屋，想要整理後，再好好收藏起來。」

頓時，阿木的神情很驚愕。

阿木的繼母拍了拍阿木的肩膀。「阿木，我知道你很想念你的慕慕（祖母），我也很想念她。」

詛咒聽說是從內部開始，然後才是外邊入侵。

阿木一手握著環狀法器，一手拿著後院小屋的鑰匙——咭呱，收藏阿木祖母祕密的小屋終於被打開。

有人燃放起鞭炮，劈哩啪啦。

魔怪幫後來有沒有出現？

而那個環狀長得像鑰匙圈的法器，最終有沒有成功擊退魔怪幫？

真的有魔怪幫嗎？

親愛的小笨油們，對不起。

因為那時，我已經回到地洞冬眠去。

當我一覺醒來，那時候已經離新年好遠好遠，甚至過了好多好多年……只聽說阿木在小屋裡繼承了某族獵人的資格。

而當阿木又回到城裡上學之後，海邊的道路工程也停工了，而很像魔怪幫的那些黑影則順著洋流到世界各地旅行，暫時不用擔心它們的家園會被改變。

咦？現在是何年何月何日？

我伸伸懶腰，最終只能告訴小笨油們。

「噓，偷偷告訴你們，尾巴可是矮黑人的護身符喔。」

少年文學27　PG1402

魔市少年

作者／跳舞鯨魚
責任編輯／喬齊安
圖文排版／周政緯
封面設計／楊廣榕
出版策劃／秀威少年
製作發行／秀威資訊科技股份有限公司
114 台北市內湖區瑞光路76巷65號1樓
電話：+886-2-2796-3638
傳真：+886-2-2796-1377
服務信箱：service@showwe.com.tw
http://www.showwe.com.tw

郵政劃撥／19563868
戶名：秀威資訊科技股份有限公司
展售門市／國家書店【松江門市】
104 台北市中山區松江路209號1樓
電話：+886-2-2518-0207
傳真：+886-2-2518-0778

網路訂購／秀威網路書店：http://www.bodbooks.com.tw
國家網路書店：http://www.govbooks.com.tw
法律顧問／毛國樑　律師

總經銷／聯寶國際文化事業有限公司
221新北市汐止區康寧街169巷27號8樓
電話：+886-2-2695-4083
傳真：+886-2-2695-4087

出版日期／2016年1月　BOD一版　**定價**／210元
ISBN／978-986-5731-44-1

國家圖書館出版品預行編目

魔市少年 / 跳舞鯨魚作. -- 一版. -- 臺北市 :
秀威少年, 2016.1
面； 公分. -- (少年文學 ; 27)
BOD版
ISBN 978-986-5731-44-1(平裝)

863.859　　104024977

讀者回函卡

感謝您購買本書，為提升服務品質，請填妥以下資料，將讀者回函卡直接寄回或傳真本公司，收到您的寶貴意見後，我們會收藏記錄及檢討，謝謝！
如您需要了解本公司最新出版書目、購書優惠或企劃活動，歡迎您上網查詢或下載相關資料：http:// www.showwe.com.tw

您購買的書名：________________________________

出生日期：________年________月________日

學歷：□高中（含）以下　□大專　□研究所（含）以上

職業：□製造業　□金融業　□資訊業　□軍警　□傳播業　□自由業
　　　□服務業　□公務員　□教職　□學生　□家管　□其它____

購書地點：□網路書店　□實體書店　□書展　□郵購　□贈閱　□其他

您從何得知本書的消息？

□網路書店　□實體書店　□網路搜尋　□電子報　□書訊　□雜誌
□傳播媒體　□親友推薦　□網站推薦　□部落格　□其他________

您對本書的評價：（請填代號　1.非常滿意　2.滿意　3.尚可　4.再改進）

封面設計____　版面編排____　內容____　文／譯筆____　價格____

讀完書後您覺得：

□很有收穫　□有收穫　□收穫不多　□沒收穫

對我們的建議：________________________________

____

____

____

請貼
郵票

11466
台北市内湖區瑞光路 76 巷 65 號 1 樓

秀威資訊科技股份有限公司 收

BOD 數位出版事業部

....

（請沿線對折寄回，謝謝！）

姓　　名：____________________ 年齡：________ 性別：□女　□男

郵遞區號：□□□□□

地　　址：____

聯絡電話：(日) ____________________ (夜) ____________________

E-mail：____